日-英-中

日本旅行會話

安倍幸子

U0075480

日本東方書店授權

鴻儒堂出版社發行

前　言

　　隨著科技的發達，交通工具更是日新月異，
進而縮短了國與國之間的距離。出國接洽商務或
是觀光旅遊已不再是件費時的事，但相信有出國
經驗的國人，或多或少都曾遭到語言的障礙而無
法適切的應用當地語言，常會使您的行程失色不
少，所以若能在出國之前學些適用的外語或是隨
身攜帶一冊簡便有效的旅行手冊，都將使您享有
一趟「豐富之旅」。

　　日本，這個自古以來便與我國有頻繁交往的
鄰國，更由於近年來開放觀光政策，得地利之便
，躍登國人出國觀光旅遊的主要目的地之一。因
此，如果您能恰當的應用本手冊之會話來應對一
些必要的場合，相信您將為自己贏得友誼，而且
也扮演一次國民外交。

　　有鑑於此，敝社本著以服務大眾為宗旨的前
提之下，特別編輯本書，希望它能迅速且便利的
為您帶來信心。

　　　　　　　　　　　　　　本社編輯部　謹誌

●日語字母／JAPANESE SYLLABARY

每行第一排是"片假名"，第二排是"平假名"，第三排是國際通用的黑本式的羅馬字。日文書報，現在通用平假名，片假名用於表示外來語（漢字除外）。

In each column the first row is "KATAKANA", the second row is "HIRAGANA" and the third row is the international HEPBUR-WIAN. "Hiragana" is now commonly used in Japanese books and newspapers. "Katakana" is used to show foreign languages (except Chinese).

1. 清 音／CLEAR SOUND (KATAKANA & HIRAGANA)

ア あ a	イ い i	ウ う u	エ え e	オ お o
カ か ka	キ き ki	ク く ku	ケ け ke	コ こ ko
サ さ sa	シ し shi	ス す su	セ せ se	ソ そ so
タ た ta	チ ち chi	ツ つ tsu	テ て te	ト と to
ナ な na	ニ に ni	ヌ ぬ nu	ネ ね ne	ノ の no
ハ は ha	ヒ ひ hi	フ ふ fu	ヘ へ he	ホ ほ ho
マ ま ma	ミ み mi	ム む mu	メ め me	モ も mo
ヤ や ya		ユ ゆ yu		ヨ よ yo
ラ ら ra	リ り ri	ル る ru	レ れ re	ロ ろ ro
ワ わ wa				ヲ を o
ン ん n				

2. 濁音和半濁音／B, D, G, J, Z SOUNDS & P SOUND

が ga	ぎ gi	ぐ gu	げ ge	ご go ·
ざ za	じ ji	ず zu	ぜ ze	ぞ zo
だ da	ぢ ji	づ zu	で de	ど do
ば ba	び bi	ぶ bu	べ be	ぼ bo
ぱ pa	ぴ pi	ぷ pu	ぺ pe	ぽ po

3. 拗音／CONTRACTED SOUNDS

きゃ kya	きゅ kyu	きょ kyo
ぎゃ gya	ぎゅ gyu	ぎょ gyo
しゃ sha	しゅ shu	しょ sho
じゃ ja	じゅ ju	じょ jo
ちゃ cha	ちゅ chu	ちょ cho
にゃ nya	にゅ nyu	にょ nyo
ひゃ hya	ひゅ hyu	ひょ hyo
びゃ bya	びゅ byu	びょ byo
ぴゃ pya	ぴゅ pyu	ぴょ pyo
みゃ mya	みゅ myu	みょ myo
りゃ rya	りゅ ryu	りょ ryo

4. 長音讀法舉例／EXAMPLES IN READING OF LONG VOWELS

ああ あー ā	いい いー ii (ī)	うう うー ū	えい えー ei (ē)	おう, おお おー ō
かあ kā	きい kii (kī)	くう kū	けい kei (kē)	こう, こお kō
さあ sā	しい shii	すう sū	せい sei (sē)	そう, そお sō

以下可以此類推故略之。／The rest is omitted.

おかあさん	お母さん	okāsan	母親	mother
おとうさん	お父さん	otōsan	父親	father
おにいさん	お兄さん	oniisan (onīsan)	哥哥	elder brother
おねえさん	お姉さん	onēsan	姊姊	elder sister
ぎんこう	銀行	ginkō	銀行	bank
ちゅうごく	中国	chūgoku	中華民國	China
きょうかい	教会	kyōkai	教堂	church
おおきい	大きい	ōkii	大	big, large

注：長音的羅馬字注音是 ā, ii, ū, ē, ō.
note: The Roman phonetic notations of long vowels are ā, ii, ū, ē, ō.

5. 促音讀法舉例／EXAMPLES IN READING OF ASSIMILATED SOUNDS

けっこん	結婚	kekkon	結婚	marriage
ざっし	雑誌	zasshi	雜誌	magazine
がっこう	学校	gakkō	學校	school
にっき	日記	nikki	日記	diary
はっぷん	八分	happun	八分鐘	8 minutes
きっぷ	切符	kippu	票	ticket

注：促音用小寫的「つ」表示。
note: This one is expressed by using small letters"

目　　次

● **PART 1.　旅行会話**

旅 行 会 話

Lesson 1	NIHON-E (TO JAPAN) 日本へ（到日本）

1) Kinai-de （機内で）

1. Watashi-no zaseki-wa doko-desu-ka?

   わたしの　座席は　どこですか

2. Kochira-de gozaimasu.

   こちらで　ございます

3. Seki-o kawatte-mo ii-desu-ka?

   席を　かわっても　いいですか

4. Seki-o kaete-kudasai.

   席を　かえて　ください

5. Watashi-no seki to kawatte-kudasai.

   わたしの　席と　かわって　ください

6. Kore-o koko-ni oite-mo ii-desu-ka?

   これを　ここに　置いても　いいですか

7. Kore-o dokoka-ni azukatte-kudasai.

   これを　どこかに　預かって　ください

8. Kono isu wa dōyatte-taoshimasu-ka?

   この椅子は　どうやって　倒しますか

1) In the plane （在飛機上）

1. Please show me to my seat.

   請帶我入座。

2. This is your seat.

   這是您的座位。

3. May I change my seat?

   我可以換座位嗎？

4. Please change my seat.

   請替我換座位。

5. Would you mind changing seats with me?

   我想跟您調換座位您不介意吧？

6. May I leave this here?

   我可以把東西放在這裡嗎？

7. Please put this somewhere.

   請把這個收起來。

8. How do you adjust this chair?

   這個座位是怎樣調整的呢？

9. Kono iyahōn-wa kowarete-imasu.

   この イヤホーンは こわれています

10. Nanika yomumono-wa arimasen-ka?

    何か 読むものは ありませんか

11. Zasshi-o kashite-kudasai.

    雑誌を 貸して ください

12. Nippon-no shinbun-ga arimasu-ka?

    日本の 新聞が ありますか

13. Omizu-o ippai kudasai.

    お水を 一杯 ください

14. Watashi-wa nemui-n-desu-ga.

    わたしは ねむいん ですが

15. Mōfu-o kudasai.

    毛布を ください

16. Tabako-o sutte-mo ii-desu-ka?

    タバコを 吸っても いいですか

17. Kibun-ga warui-desu, nanika kusuri-o-kudasai.

    気分が 悪いです、何か 薬を ください

18. O-sake to kōsui-ga kaitai-desu.

    お酒と 香水が 買いたいです

2) Nipponjin jōkyaku tono kaiwa （日本人乗客との会話）

19. Nippongo-ga owakari-desu-ka?

    日本語が おわかり ですか

9. These earphones are out of order.

這個耳機壞了。

10. Have you anything to read?

你們有什麼讀物嗎?

11. Please lend me a magazine.

請借我一本雜誌。

12. Do you have any Japanese newspapers?

你們有日本報紙嗎?

13. Please give me a glass of water.

請給我一杯水。

14. I am sleepy.

我想睡覺。

15. Please give me a blanket.

請給我一張毯子。

16. May I smoke?

我可以抽烟嗎?

17. I am feeling uncomfortable, please give me some medicine.

我覺得不舒服,請給我一些藥。

18. I would like to buy some wine and perfume.

我要買一些酒和香水。

2) **Conversation with the Japanese on the plane** (與日本乘客的談話)

19. Do you understand Japanese?

你會說日語嗎?

20. Ima Nippongo-o naratte-imasu.

今　日本語を　習っています

21. Dokomade irasyai-masu-ka?

どこまで　いらっしゃい　ますか

22. Watashi-wa Yokohama made ikimasu.

わたしは　横浜まで　行きます

23. Nippon-e-wa hajimete ikare-masu-ka?

日本へは　はじめて　行かれますか

24. Imamade nankai-mo Nippon-e ikimashita.

今まで　何回も　日本へ　行きました

25. Yokohama-ni sunde-san-nen-ni narimasu.

横浜に　住んで　3年に　なります

26. Osaka-e shōyō-de iku-tochū-desu.

大阪へ　商用で行く　途中です

27. Ano suchuwādesu-san-wa nipponjin-desu-ka?

あの　スチューワーデスさんは　日本人ですか

28. Ima doko-o tonde-imasu-ka?

今　どこを　飛んで　いますか

29. Ato donokurai-de tsukimasu-ka?

あと　どのくらい　で　着きますか

30. Ato sanjippun gurai-da to-omoimasu.

あと　30分ぐらい　だと　思います

31. Yatto tsuki-mashita-ne.

やっと　着きましたね

20. I am learning Japanese now.

我正在學習日語。

21. What is your destination?

您要到什麼地方去？

22. I am going to Yokohama.

我要到橫濱去。

23. Is this your first visit to Japan?

您是第一次去日本嗎？

24. I have been to Japan many times.

我到日本好多次了。

25. I have been living in Yokohama for three years.

我已經在橫濱住了三年。

26. I am on my way to Osaka for a business trip.

我正要到大阪去做生意。

27. Is that stewardess a Japanese?

那位空中小姐是日本人嗎？

28. Which place is this plane now flying over?

這飛機正飛過什麼地方？

29. How much longer will it be before we arrive?

我們還有多久才能到達？

30. I think in about thirty minutes.

我想還有三十分鐘左右。

31. We have arrived at last.

我們終於到了。

32. Tanoshiku sugosasete-itadaki-mashita.

楽しく 過ごさせて いただきました

33. Iroiro osewa-ni nari-mashita.

いろいろ お世話に なりました

34. Shingapōru-ni koraretara renraku shite-kudasai.

シンガポールに 来られたら 連絡して ください

35. Kore-wa watashi-no meishi-desu.

これは わたしの 名刺です

36. Koko-ni jūsho to denwabangō-ga kaite-arimasu.

ここに 住所と 電話番号が 書いてあります

37. Onamae to jūsho-o kaite-itadake-masu ka?

お名前と 住所を 書いて いただけますか

38. O-tegami-o-kudasai.

お手紙を ください

39. Shashin-o o-okuri-shimasu.

写真を お送りします

3) Zeikan-de （税関で）

40. Pasupōto-o misete-kudasai.

パスポートを 見せて ください

41. Kore-ga watashi-no pasupōto-desu.

これが わたしの パスポートです

42. Ryokō-no mokuteki-wa nan-desu-ka?

旅行の目的は 何ですか

32. I am glad to have had a pleasant travelling companion.

我很高興能遇到您這樣一位好旅件。

33. Thank you for your help.

謝謝您的幫忙。

34. Please contact me when you come to Singapore.

如果您到新加坡來，請跟我聯絡。

35. This is my name card.

這是我的名片。

36. My address and telephone number are written here.

我的地址和電話號碼都寫在上面。

37. May I have your name and address, please?

可以把您的姓名和地址寫給我嗎？

38. Please write to me.

請給我寫信。

39. I shall send you the photograph.

我將會寄相片給您。

3) At the customs office （在海關）

40. Please show me your passport.

請出示一下你的護照。

41. This is my passport.

這是我的護照。

42. What is the purpose of your trip?

你旅行的目的是什麼？

43. Kankō-ryokō-de kimashita.

    観光旅行で　来ました

44. Shōyō (sigoto)-de kimashita.

    商用（仕事）で　来ました

45. Shujin-ni ai-ni kimashita.

    主人に　会いに　来ました

46. Benkyō (ryūgaku)-ni kimashita.

    勉強（留学）に　来ました

47. Donokurai taizai-sare-masu-ka?

    どのくらい　滞在　されますか

48. Mikkakan taizai-shimasu.

    3日間　滞在　します

49. Tenimotsu-wa doko-de uketoreba ii-desu-ka?

    手荷物は　どこで　受け取れば　いいですか

50. Nimotsu-ga dete-kimasen.

    荷物が　出て来ません

51. Watashi-no nimotsu-wa sanko-desu.

    わたしの　荷物は　3個です

52. Nimotsu-ga hitotsu tari-masen.

    荷物が　一つ　足りません

53. Dorekurai-no ōkisa-desu-ka?

    どれくらいの　大きさですか

54. Korekurai-no ōkisa-desu.

    これくらいの　大きさです

43. I have come for sight-seeing.

我是來觀光的。

44. I have come on business.

我是來做生意的。(我是因公出差來的。)

45. I have come to meet my husband.

我是來看我先生 (丈夫) 的。

46. I have come to study.

我是來留學的。

47. How long will you be staying here?

你要在這裡住多久？

48. I shall be staying for three days.

我要住三天。

49. Where can I collect my hand luggage?

我該到哪裡去領回我的手提行李呢？

50. My luggage has not appeared.

我的行李還沒有出來。

51. I have three suitcases.

我有三件行李。

52. There is one suitcase missing.

有一件行李不見了。

53. What is the size of the suitcase?

你的行李有多大？

54. It is about this size.

大概有這麼大。

55. Iro-wa aka-desu.

色は　赤です

56. Sotogawa-ni watashi-no jūsho to shimei-ga kaite-arimasu.

外側に　わたしの　住所と　氏名が　書いてあります

57. Nanika shinkoku-surumono-wa arimasen-ka?

何か　申告するものは　ありませんか

58. Kono toranku-ni nani-ga haitte-imasu-ka?

この　トランクに　何が　入っていますか

59. Toranku-o akete-kudasai.

トランクを　開けて　ください

60. Zenbu minomawarihin-desu.

全部　身のまわり品です

61. Kikinzokurui-wa arimasen.

貴金属類は　ありません

62. Kono kamera-wa watashi-ga tsukatte-imasu.

この　カメラは　わたしが　使っています

63. Kore-wa tomodachi-e-no omiyage-desu.

これは　友だちへの　おみやげです

64. Uisukii-o sanbon motte-imasu.

ウイスキーを　3本　持っています

4) Kūkō kara shinai-e　（空港から市内へ）

65. Furonto-wa doko desu-ka?

フロントは　どこですか

55. The colour is red.

是紅色的。

56. My name and address are written on the outside.

我的姓名和地址都寫在外面。

57. Do you have anything to declare?

你有什麼東西要報稅嗎?

58. What is in this trunk?

這個大皮箱裡有什麼東西?

59. Please open the trunk.

請打開這個大皮箱。

60. These are all personal belongings.

這些都是我的日常用品。

61. I do not have any precious jewelry.

我沒有什麼貴重的珠寶。

62. This camera is for my personal use.

這照相機是我自己用的。

63. This is a present for a friend.

這是送給朋友的禮物。

64. I have three bottles of whisky.

我有三瓶威士忌酒。

4) From the airport to the city （從機場到市區）

65. Where is the information desk?

請問詢問處在哪裡?

66. Ii hoteru-o shōkai-shite-kudasai.

いい ホテルを 紹介して ください

67. Kūkō-no chikaku-ni hoteru-o mitsukete-kudasai.

空港の近くに ホテルを 見つけて ください

68. Narita (kokusai) kūkō-kara Tōkyō-made nanjikan-gurai kaka-rimasu-ka?

成田（国際）空港から 東京まで 何時間ぐらい かかりますか

69. Koko-kara Tōkyō-made sukunakutomo nijikan-kakarimasu.

ここから 東京まで 少なくとも 2時間かかります

70. Koko-kara Tōkyō-e iku noni iroirona hōhō-ga arimasu.

ここから 東京へ行くのに いろいろな方法が あります

71. Koko-kara Tōkyō-e iku noni mazu Hakozaki (Tōkyō Shitii Eā Tāminaru) -made rimujin basu-ni noruto benri-desu.

ここから 東京へ行くのに まず 箱崎（東京シティー・エアー・ターミナル）まで リムジン・バスに乗ると 便利です

72. Koko-kara Hakozaki-made rimujin basu-de nanajippun-kakari-masu.

ここから 箱崎まで リムジン・バスで 70分かかります

66. Could you recommend a good hotel?

請介紹一間好旅館給我。

67. Please look for the hotel near the airport.

請替我找一間靠近機場的旅館。

68. How long does it take to go to Tokyo from Narita International Airport?

從成田國際機場到東京需要多少時間？

69. It takes at least two hours from here.

從這裡到東京至少需要兩個小時。

70. There are many ways to reach Tokyo from here.

從這裡到東京，有各種去法。

71. From here to Tokyo, it is convenient to take the limousine bus to Hakozaki (Tokyo City Air Terminal) first.

從這裡到東京，先坐機場巴士到箱崎（機場聯絡中心）比較方便。

72. It takes about 70 minutes from here to Hakozaki by limousine bus.

從這裡坐機場巴士到箱崎，需要七十分鐘。

73. Koko-kara Tōkyō-no hoteru-made takushii-de ikura-kakari-masu-ka?

    ここから　東京の　ホテルまで　タクシーで　いくらかかりますか

74. Koko-kara Tōkyō-no hoteru-made takushii-de yaku-ni-man'en kakari-masu.

    ここから　東京の　ホテルまで　タクシーで　約2万円かかります

75. Kono jūsho-no tokoro-e itte-kudasai.

    この　住所のところへ　行って　ください

76. Koko-kara Keisei Narita Kūkō Eki-made basu-de go-fun-ka-karimasu.

    ここから　京成成田空港駅まで　バスで　5分かかります

77. Keisei Narita Kūkō Eki-kara Sukairainā(tokkyū)-de Ueno-made ikemasu.

    京成成田空港駅から　スカイライナー（特急）で　上野まで　行けます

78. Kikoku-no sai-wa Hakozaki demo shukkoku-tetsuzuki-ga deki-masu.

    帰国の際は　箱崎でも　出国手続きが　できます

79. Kokunaisen-wa Haneda Kokusai Kūkō-kara dete-imasu.

    国内線は　羽田国際空港から　出ています

73. How much will it cost to get to the hotel in Tokyo by taxi from here.

從這裡坐計程車到東京的旅館需要多少錢？

74. It is about 20,000 yen from here to the hotel in Tokyo by taxi.

從這裡坐計程車到東京的旅館需要兩萬日圓左右。

75. Please go to this address.

請到這個地址。

76. It takes about 5 minutes from here to Keisei Narita Airport Station by bus.

從這裡坐巴士到京成線成田機場站需要五分鐘。

77. You can go to Ueno Station by Skyliner (Special Express) from Keisei Narita Airport Station.

我們可以從京成線成田機場站乘搭 Skyliner （特別快車）到上野車站。

78. You can also do the necessary departure procedures at Hakozaki when you return home.

回國的時候，你也可以在箱崎辦理離境手續。

79. The domestic airline starts from Haneda International Airport.

國內航線從羽田國際機場起飛。

80. Yamatesen-no Hamamatsuchō-kara Haneda-made monorēru-de
    yaku jūgofun kakarimasu.

    山手線の　浜松町から　羽田まで　モノレールで　約15分
    かかります

81. Haneda Kokusai Kūkō-kara Ōsaka (Itami) Kūkō-made yaku
    ichi-jikan kakari-masu.

    羽田国際空港から　大阪（伊丹）空港まで　約1時間　か
    かります

82. Ōsaka Kokusai Kūkō-kara Shin Ōsaka Eki-made basu-de yaku
    sanjippun kakarimasu.

    大阪国際空港から　新大阪駅まで　バスで　約30分　かか
    ります

83. Ōsaka Kokusai Kūkō-kara Ōsaka shinai-made takushii-de yaku
    gosenen kakarimasu.

    大阪国際空港から　大阪市内まで　タクシーで　約5,000
    円かかります

80. It takes about 15 minutes from Hamamatsu Chō of Yamate Line to Haneda by monorail.

   從山手線的濱松町乘單軌電車到羽田大概要十五分鐘。

81. It takes about one hour from Haneda International Airport to Osaka (Itami) Airport.

   從羽田國際機場到大阪（伊丹）機場大概要一個鐘頭。

82. It takes about 30 minutes from Osaka International Airport to Shin Osaka Station by bus.

   從大阪國際機場坐巴士到新大阪車站，大約需要三十分鐘。

83. It is about 5,000 yen from Osaka International Airport to Osaka City by taxi.

   從大阪國際機場坐計程車到大阪市區，大約需要五千日圓。

■ Yōgo (Vocabulary) 用語

機内で	kinai de	在飛機上	in the plane
倒す	taosu	推（下）倒	to push down
雑誌	zasshi	雜誌	magazine
貸す	kasu	借	to lend
毛布	mōfu	毛毯	blanket
気分が悪い	kibun ga warui	不舒服	uncomfortable
薬	kusuri	藥	medicine
香水	kōsui	香水	perfume
習う	narau	學習	to learn
住む	sumu	住	to live
商用	shōyō	商業	business
途中	tochū	途中	on the way
速度	sokudo	速度	speed
名刺	meishi	名片	name card
住所	jūsho	地址	address
電話番号	denwa bangō	電話號碼	telephone number
名前	namae	姓名	name
写真	shashin	相片，照片	photograph
税関で	zeikan de	在海關	at the customs office
目的	mokuteki	目的	purpose
観光旅行	kankōryokō	觀光旅行	sight-seeing tour
留学（する）	ryūgaku (suru)	留學	to study abroad
滞在（する）	taizai (suru)	逗留	to stay
申告（する）	shinkoku (suru)	申報	to declare
貴金属類	kikinzoku rui	貴重金屬珠寶	precious jewellery
足りない	tarinai	不足	not enough
外側	sotogawa	外面	outside
空港から市内へ	kūkō kara shinai e	從機場到市區	from the airport to the city
両替	ryōgae	兌換	money changing
市内	shinai	市區	city
紹介（する）	shōkai (suru)	介紹	to introduce
旅券番号	ryokenbangō	護照號碼	passport number

搭乗地	tōjōchi	搭乘地點	place of embarkation
現住所	genjūsho	現住址	present address
出生地	shusseichi	出生地	place of birth
査証（ビザ）	sashō (biza)	簽證	visa
査証発行地	sashōhakkōchi	簽證發給地	place of issue of visa
査証発行年月日	sashōhakkō nen-gappi	簽證發給日期	date of issue of visa
離陸	ririku	起飛	taking off
到着	tōchaku	抵達（境）	arrival
着陸	chakuriku	降（着）陸	landing
取り消す	torikesu	取消	to cancel
通過（トランジット）	tsūka (toranjitto)	過境	transit
通過パス	tsūkapasu	過境證	transit pass
乗客	jōkyaku	乘客	passenger
手荷物	tenimotsu	手提行李	hand luggage
スーツケース	sūtsukēsu	皮箱	suitcase
超過荷物	chōkanimotsu	超重行李	excess luggage
航空会社	kōkūgaisha	航空公司	airline company
国際線	kokusaisen	國際航線	international airline
国内線	kokunaisen	國內航線	domestic airline
待合室	machiaishitsu	等候室（候機室）	waiting room
喫煙室	kitsuenshitsu	吸烟室	smoking room
案内所	an'naisho	詢問處	information
時刻表	jikokuhyō	時間表	the schedule
定期便	teikibin	定期班機	a regular flight
臨時便	rinjibin	加班機	a special flight
航空券	kōkūken	機票	air ticket
運賃	unchin	運輸費	flight charges
コンファーム（確認）	konfāmu (kakun-in)	確定	to confirm
リ・コンファーム（再確認）	ri・konfāmu(saika-kunin)	再確定	to reconfirm
ファースト・クラス	fāsuto・kurasu	頭等	first class

エコノミー・クラス	ekonomii・kurasu	經濟位，二等	economy class
フライト・ナンバー	furaito・nanbā	班機號碼	flight number
座席番号	zasekibangō	座位號碼	seat number
旅行傷害保険	ryokō shōgai ho ken	旅行保險	travelling insurance
空港税	kūkōzei	機場稅	airport duty
免税品	menzeihin	免稅品	tax-free articles
機長	kichō	機長	captain
スチュワーデス	suchuwādesu	空中小姐	stewardess
スチュワード	suchuwādo	航空侍應生	steward
パーサー	pāsā	事務長	purser
日付変更線	hizuke henkō sen	國際換日線	international date-line
時差	jisa	時差	difference in time
現地時間	genchijikan	本地時間	local time
非常口	hijōguchi	太平門	emergency exit
高度	kōdo	高度	height
乱気流	rankiryū	狂暴氣流	turbulence
禁煙	kin'en	禁止吸烟	no smoking
ベルト着用	beruto chakuyō	繫上安全帶	fasten the seat belts
救命胴衣	kyūmei dōi	救生衣	a life jacket
嘔吐袋	ōtobukuro	嘔吐袋	vomiting bag (air sickness bag)
呼び出しボタン	yobidashi botan	呼喚鈕	call button
酸素マスク	sanso masuku	氧氣面罩	oxygen mask
使用中（あき）	shiyōchū (aki)	使用中（空着）	in use (vacant)
タラップ	tarappu	梯子	trap
滑走路	kassōro	跑道	runway
中央座席	chūōzaseki	中央座位	middle seat
通路側座席	tsūrogawa zaseki	通道旁座位	aisle seat
税関	zeikan	海關	customs office
関税	kanzei	關稅	customs duty
検査	kensa	檢查	inspection
無職	mushoku	無職（業）	unemployed

主婦	shufu	家庭主婦	housewife
検疫	ken-eki	檢疫	quarantine
宝石類	hōsekirui	珠寶	jewellery
生年月日	seinengappi	出生日期	date of birth
航空時間表	kōkūjikanhyō	飛行時間表	schedule for the plane
署名	shomei	簽名	signature
出入国手続	shutsunyūkoku tetsuzuki	出入境手續	entry and exit formalities
出国カード	shukkoku kādo	離境證	departure card
入国カード	nyūkoku kādo	入境證	entry card
植物	shokubutsu	植物	botany
動物	dōbutsu	動物	animal
予防接種	yobōsesshu	種痘	vaccination
予防接種証明書	yobōsesshu shōmeisho	種痘證明書	vaccination certificate
チフス	chifusu	傷寒症	typhoid
天然痘	ten'nentō	天花	small pox
コレラ	korera	霍亂症	cholera
有効期間	yūkōkikan	有效期	period of validity
目的地	mokutekichi	目的地	destination
既婚	kikon	已婚	married
未婚	mikon	未婚	unmarried
連絡先	renrakusaki	聯絡處	your place of contact
外貨	gaika	外幣	foreign currency
現金（キャッシュ）	genkin (kyasshu)	現款	cash
性別	seibetsu	性別	sex
男	otoko	男	male
女	onna	女	female

Lesson 2	HOTERU (HOTEL) ホテル（ 旅館 ）

1. Konya tomari-tai-no desu-ga.

   今夜　泊りたいのですが

2. Mōshiwake gozaimasen, manshitsu-de gozaimasu.

   申しわけ　ございません　満室でございます

3. Heya-o yoyaku shitai-n-desu-ga.

   部屋を　予約したいんですが

4. Singuru rūmu (hitori beya)-o onegai-shimasu.

   シングル・ルーム（一人部屋）を　お願いします

5. Shizukana heya-ga arimasu-ka?

   静かな　部屋が　ありますか

6. Heyadai-wa ikura-desu-ka?

   部屋代は　いくらですか

7. Motto yasui heya-ga arimasu-ka?

   もっと　安い部屋が　ありますか

8. Kono ryōkin-wa chōshokutsuki-desu-ka?

   この料金は　朝食付ですか

9. Donokurai gotaizai-desu-ka?

   どのくらい　ご滞在ですか

1. I would like a room tonight.

   今晚我想住在這裡。

2. I am sorry, we are fully occupied.

   對不起，所有的客房已住滿了。

3. I would like to reserve a room.

   我想訂一個房間。

4. Please give me a single room.

   請給我一個單人房。

5. Do you have a quiet room?

   你們有清靜的房間嗎？

6. How much is the room?

   租金多少？

7. Do you have a cheaper room?

   你們有租金較便宜的房間嗎？

8. Does this charge include breakfast?

   這租金包括早餐嗎？

9. How long will you be staying here?

   您打算在這裡住多久？

10. Koko-ni isshūkan taizai-shimasu.

ここに　一週間　滞在します

11. Nan'nin otomari-ni narimasuka?

何人　お泊りに　なりますか

12. Watashi to tsuma to kodomo-ga hitori-desu.

わたしと　妻と　子供が一人です

13. Watashi-wa Lee-desu, Honkon-de yoyaku-o shimashita.

わたしは　李です，ホンコンで　予約をしました

14. O-heya-o otorishite gozaimasu.

お部屋を　お取りして　ございます

15. Koko-ni o-namae to kokuseki to goshokugyō-o okaki-kudasai.

ここに　お名前と　国籍と　ご職業を　お書きください

16. Koko-ni sain-o onegai-itashimasu.

ここに　サインを　お願いいたします

17. Koko-ni pasupōto nan'bā-o okaki-kudasai.

ここに　パスポート・ナンバーを　お書きください

18. Watashi-no nimotsu-o heya-ni motte-itte-kudasai.

わたしの　荷物を　部屋に　持って行って　ください

19. Watashi-no nimotsu-o motte-kite-kudasai.

わたしの　荷物を　持って来て　ください

20. Chekku auto-wa nanji-desu-ka?

チェック・アウトは　何時ですか

10. I will be staying here for one week.

我要在這兒住一個星期。

11. How many people will be staying?

有幾個人住？

12. My wife, my child and myself.

我和我太太，還有一個孩子。

13. I am Miss (Mr, Mrs) Lee, I reserved a room from Hong Kong.

我姓李，我從香港預訂了一個房間。

14. The room has been reserved for you.

房間已訂好了。

15. Please write your name, nationality and occupation here.

請在這裡寫上您的姓名、國籍和職業。

16. Please sign here.

請在這裡簽名。

17. Please write your passport number here.

請在這裡寫上您的護照號碼。

18. Please send my luggage to my room.

請把我的行李送到房間去。

19. Please bring my luggage.

請把我的行李送來。

20. What is the check-out time?

結帳時間是幾點？

21. Kono kichōhin-o azukatte-kudasai.

この 貴重品を 預かって ください

22. Goji-ni modorimasu.

5時に 戻ります

23. Sugu kaette-kimasu.

すぐ 帰ってきます

24. Watashi ate-no yūbin (dengon)-ga arimasu-ka?

わたし あての 郵便（伝言）が ありますか

25. Hijōguchi-wa doko-desu-ka?

非常口は どこですか

26. Toire-no mizu-ga tomari-masen.

トイレの 水が 止まりません

27. Jō-ga kowarete imasu.

錠が こわれています

28. Kagi-o dokoka-ni wasure-mashita.

鍵を どこかに 忘れました

29. Rūmu・sābisu-o yonde-kudasai.

ルーム・サービスを 呼んで ください

30. Mōfu-ga mō ichimai hoshii-desu.

毛布が もう一枚 ほしいです

31. Ea・kon-ga ugoite-imasen.

エア・コンが 動いていません

32. Heya-o motto atatakaku-shite-kudasai.

部屋を もっと 暖かくして ください

21. Please keep these valuables.

請幫我把這些貴重的東西存放起來。

22. I shall be back at 5 o'clock.

我五點回來。

23. I shall be back soon.

我很快就回來。

24. Is there any mail (message) for me?

有我的信件（留條）嗎？

25. Where is the emergency exit?

太平門在哪裡？

26. The water in the toilet won't stop.

廁所的水不停地流着。

27. The lock is broken.

鎖壞了。

28. I have forgotten where my key is.

我忘了把鑰匙放在什麼地方。

29. Please call room-service.

請叫房間服務員來。

30. I would like to have another blanket.

我想再要一張毯子。

31. The air-conditioner is not working.

冷氣機壞了。

32. Please keep the room warmer.

請把房間的溫度調高一點兒。

33. Denkyū-ga kirete-imasu.

電球が　切れています

34. Kuriiningu-o onegai-shimasu.

クリーニングを　お願い　します

35. Airon-o kakete-kudasai.

アイロンを　かけて　ください

36. Kutsu-o migaite-kudasai.

靴を　みがいて　ください

37. Itsu deki-masu-ka?

いつ　できますか

38. Denwa-no kakekata-o oshiete-kudasai.

電話の　かけかたを　教えて　ください

39. Ichinichi hayaku tachitai-n-desu-ga.

一日早く　発ちたいんですが

40. Ichinichi taizai-o nobashitai-n-desu-ga.

一日滞在を　のばしたいんですが

41. Ashita-no asa hachiji-ni shuppatsu-shimasu.

明日の朝　8時に　出発します

42. Mōningu kōru-o onegai-shimasu.

モーニング・コールを　お願いします

43. Hai, shōchi shimashita.　Nanji-ni itashimashō-ka?

はい、承知　しました。何時に　いたしましょうか

44. Ashitano asa rokujihan-ni onegai-shimasu.

明日の朝　6時半に　お願いします

33. The light bulb has blown.

電燈泡壞了。

34. Please send this to the laundry.

請把這個拿去洗。

35. Please have this pressed.

請燙一燙。

36. Please clean this pair of shoes.

請擦一擦這雙鞋。

37. When will it (they) be ready?

什麼時候好呢？

38. Please show me how to operate the telephone.

請告訴我怎樣用這電話。

39. I want to leave one day earlier.

我想提早一天離開。

40. I'd like to extend my stay for one more day.

我想多住一天。

41. I will leave tomorrow morning at eight o'clock.

我明天早上八點離開。

42. I want a morning call.

請在明天清晨叫醒我。

43. Yes, sir (madam), when should I call you?

好的，幾點鐘叫您呢？

44. I would like to be called at six thirty tomorrow morning.

請在明天清晨六點半叫醒我。

45. O-namae to o-heya-no bangō-o oshirase-kudasai.

お名前と　お部屋の番号を　お知らせください

46. Hyaku yonjū kyū gōshitsu-no Lee desu.

149号室の　李です

47. Ohayō-gozaimasu. Kochira-wa mōningu sābisu gakari-de-gozaimasu.

お早よう　ございます。こちらは　モーニング・サービス係でございます

48. Chiekku auto-o shimasu-kara seikyūsho-o mottekite-kudasai.

チェック・アウトをしますから　請求書を　持って来てください

49. Koko-ni Lee-san-ga taizai-shite-irasshaimasu-ka?

ここに　李さんが　滞在して　いらっしゃいますか

50. Lee-san-wa kochira-ni tomatte-irasshaimasen.

李さんは　こちらに　泊まって　いらっしゃいません

51. Lee-san-wa kinō chiekku auto-saremashita.

李さんは　昨日　チェック・アウト　されました

45. Please let me know your name and room number.

請告訴我您的姓名和房間號碼。

46. I am Miss (Mr., Mrs.) Lee from Room 149.

我姓李，住 149 號房間。

47. Good morning, sir (madam). This is morning service.

早安。這是早晨電話服務。

48. I want to check out, please bring me the bill.

我要離開旅館了，請把帳單拿來。

49. Is Miss (Mr., Mrs.) Lee staying here?

李小姐（先生，太太）住在這裡嗎？

50. Miss (Mr., Mrs.) Lee is not staying here.

李小姐（先生，太太）不住在這裡。

51. Miss (Mr., Mrs.) Lee checked out yesterday.

李小姐（先生，太太）已在昨天離開了。

■ Yōgo (Vocabulary) 用語

泊る	tomarn	住宿	to lodge
満室	manshitsu	客滿（沒有空房）	all rooms are occupied
部屋代	heyadai	（租金），房租	room rental
朝食付	chōshokutsuki	附有早餐的住宿	lodging with breakfast included
一週間	isshūkan	一星期	one week
国籍	kokuseki	國籍	nationality
職業	shokugyō	職業	occupation
貴重品	kichōhin	貴重物品	valuable things
手洗い	tearai	廁所，洗手間	toilet
錠	jō	鎖	lock
鍵	kagi	鑰匙	key
郵便	yūbin	信件	mail
伝言	dengon	口信	message
暖かい	atatakai	溫暖	warm
電球	denkyū	電燈泡	light bulb
アイロンをかける	airon o kakeru	熨	press
請求書	seikyūsho	帳單	bill
旅館	ryokan	日本式旅店	Japanese-style hotel
モーテル	mōteru	汽車旅店	motel
支配人	shihainin	經理	manager
女支配人	on'nashihainin	女經理	manageress
チェック・イン	chekkuin	登記住入	check-in
チェック・アウト	chekkuauto	付帳停住	check-out
予約	yoyaku	約會，約定，預定	appointment
ロビー	robii	會客處	lobby
フロント	furonto	櫃檯	front
宿帳	yadochō	旅館登記簿	hotel register
会計係	kaikeigakari	會計	accountant
税金	zeikin	税	tax

サービス料	sābisuryō	服務費	service charge
国際電話	kokusai/denwa	國際電話	international call
国内電話	kokunai/denwa	國內電話	local call
遠距離電話	enkyori denwa	長途電話	long-distance call
石けん	sekken	肥皂	soap
歯みがき	hamigaki	牙膏	tooth-paste
歯ブラシ	haburashi	牙刷	tooth-brush
洗濯物	sentakumono	要洗的衣物	laundry
（お）湯	(o) yu	開水	boiled water
（お）水	(o) mizu	水	water
暖房室	danbōshitsu	暖氣房	room with heater
冷房室	reibōshitsu	冷氣房	room with airconditioning
部屋	heya	房間	room
寝室	shinshitsu	臥室	bedroom
浴室	yokushitsu	洗澡間	bathroom
洗面所	senmenjo	洗手間	lavatory
バス・タオル	basu・taoru	浴巾	bath towel
ハンド・タオル	hando・taoru	手巾，毛巾	hand towel
机	tsukue	桌子	desk
椅子	isu	椅子	chair
枕	makura	枕頭	pillow
廊下	rōka	走廊	corridor
階段	kaidan	樓梯	staircase
ルーム・サービス	rūmu・sābisu	客房服務	room service

Lesson 3	KANKŌ (SIGHT-SEEING) 観光 (観光)

1. Watashi-wa kankōkyaku-desu.

   わたしは　観光客です

2. Kono machi-no an'naisho (gaido bukku)-ga arimasu-ka?

   この町の　案内書（ガイド・ブック）が　ありますか

3. Kono machi-no meisho-o kenbutsu-shitai-no-desu.

   この町の　名所を　見物したいのです

4. Kono machi-no kankōan'nai chizu-ga arimasu-ka?

   この町の　観光案内地図が　ありますか

5. Omoshiroi tokoro-ga arimasu-ka?

   面白い　ところが　ありますか

6. Hai, takusan gozaimasu.

   はい　沢山　ございます

7. Doko-o goran-ni naritai-desu-ka?

   どこを　ご覧に　なりたいですか

8. An'nai-suru hito-ga imasu-ka?

   案内する人が　いますか

9. Goan'nai shimashō-ka?

   ご案内　しましょうか

1. I am a tourist.

   我是觀光客。

2. Do you have a guide book of this town?

   你們有這城市的旅行指南嗎？

3. I would like to see the famous places in this town.

   我要遊覽這城市的名勝。

4. Do you have a map of this town?

   你們有這城市的遊覽圖嗎？

5. Are there any interesting places to see?

   有沒有好玩的地方？

6. Yes, there are a lot.

   有的，有很多。

7. What would you like to see?

   您喜歡參觀什麼地方？

8. Do you have a tourist guide?

   你們有導遊嗎？

9. May I show you around?

   我可以做您的嚮導嗎？

10. An'nai shite-kudasai.

案内して　ください

11. Chūgokugo-o hanaseru gaidosan-o onegai-shimasu.

中国語を　話せる　ガイドさんを　お願いします

12. Kankō basu-wa doko-de nore-masu-ka?

観光バスは　どこで　乗れますか

13. Kankō basu (Hato-basu)-o yoyaku-shite-kudasai.

観光バス（はとバス）を　予約して　ください

14. Hatobasu-wa doko-o mawari-masu-ka?

はとバスは　どこを　回りますか

15. Don'na kōsu-ga arimasu-ka?

どんな　コースが　ありますか

16. Gozen to gogo to ichi nichi-no kōsu-ga gozaimasu.

午前と　午後と　一日のコースが　ございます

17. Hatobasu-ni noru to Tōkyō-kenbutsu-ga anshinshite-dekimasu.

はとバスに乗ると　東京見物が　安心して　できます

18. Tōkyō eki mae-kara noremasu.

東京駅前から　乗れます

19. Gaido-ga asa kuji-ni omukae-ni mairimasu.

ガイドが　朝9時に　お迎えにまいります

20. Shuppatsu-wa nanji-desu-ka?

出発は　何時ですか

10. Please show me around.

请你當我的嚮導。

11. Please call a tourist guide who can speak Chinese (Mandarin).

請叫一位會講中文的導遊。

12. Where can I take a sight-seeing bus?

請問在哪裡可以乘坐觀光巴士？

13. Please reserve a seat on the sight-seeing bus (Hato bus).

請訂個 " 觀光巴士（哈都巴士）" 的位子給我。

14. What is the route of the "Hato Bus"?

" 哈都觀光巴士 " 經過什麼地方？

15. What type of tours do you have?

你們有什麼樣的觀光行程？

16. We have morning, afternoon and whole day tours.

我們分有上午、下午和全天的行程。

17. If you take the "Hato Bus", you can visit Tokyo easily.

如果你乘 " 哈都觀光巴士 "，就可以安心地遊覽東京。

18. You can take it in front of the Tokyo Station.

你可以在東京車站前面上車。

19. The guide will go and fetch you at nine o'clock in the morning.

早上九點鐘導遊會來接您。

20. What is the departure time?

幾點鐘出發？

21. Nanji-ni kaeri-masu-ka?

何時に 帰りますか

22. Nanjikan kakari-masu-ka?

何時間 かかりますか

23. Gaido-san-wa nanigo-de setsumeishite-kuremasu-ka?

ガイドさんは 何語で 説明して くれますか

24. Eigo-de goan'nai-shimasu.

英語で ご案内します

25. Anata-wa hitori-de ryokō-o shite-irasshaimasu-ka?

あなたは 一人で 旅行をしていらっしゃいますか

26. Watashi-wa kazoku to ryokō-o shite-imasu.

わたしは 家族と 旅行をしています

27. Watashi-wa dantaikyaku to isshoni kimashita.

わたしは 団体客と 一緒に 来ました

28. O-shigoto-de irasshai-mashita-ka?

お仕事で いらっしゃい ましたか

29. Kyūka-de kimashita.

休暇で 来ました

30. Izen koko-ni korareta koto-ga arimasu-ka?

以前 ここに 来られたことが ありますか

31. Koko-ni hajimete-kimashita.

ここに 初めて 来ました

32. Koko-ga konoshi-no chūshinchi-desu.

ここが この市の 中心地です

21. What time will it come back?

幾點回來？

22. How long does it take?

需要幾個鐘頭？

23. The guide will explain in which language?

導遊用何種語言解說？

24. The guide will use English.

導遊用英語。

25. Are you travelling alone?

您是一個人旅行嗎？

26. I am travelling with my family.

我是和家眷一起旅行。

27. I came with a tour.

我是隨旅行團來的。

28. Did you come here on business?

您是因公來出差的嗎？

29. I came here for holiday.

我是來渡假的。

30. Have you been here before?

您以前到過這裡嗎？

31. This is my first visit.

我是第一次來此。

32. Here is the centre of the town.

這裡是市區的中心。

33. Koko-ga konoshi-no nagame-no ii tokoro-desu.

ここが この市の 眺めの いい所です

34. Koko-de shashin-o totte-mo-ii-desu-ka?

ここで 写真をとっても いいですか

35. Watashi to issho-ni kamera-ni haitte-kudasai.

わたしと 一緒に カメラに 入って ください

36. Sumimasen-ga shattā-o oshite-kudasai.

すみませんが シャッターを 押して ください

37. Koko-wa nantoyū tokoro-desu-ka?

ここは 何と言う ところですか

38. Koko-wa nani dōri-desu-ka?

ここは 何通りですか

39. Nani-o mite-imasu-ka?

何を 見ていますか

40. Are-wa nan-desu-ka?

あれは なんですか

41. Are-wa Nippon ichi-no noppobiru Sansyain Rokujū-desu.

あれは 日本一の ノッポビル サンシャイン 60です

42. Are-wa nihyaku-yonjū mētoru-no takasa-de rokujukkai arimasu.

あれは 240メートルの高さで 60階あります

43. Tōkyō tawā-no takasa-wa nihyaku gojū mētoru-desu.

東京タワー の高さは 250メートルです

33. This is a good place to view the town.

這裡是眺望全市的好地方。

34. May I take a photograph here?

我可以在這裡拍照嗎？

35. Excuse me, please join me in this photograph.

請您跟我一起照相。

36. Excuse me, could you please take a picture for me?

麻煩您替我拍照。

37. What is this place called?

這是什麼地方？

38. What is the name of this road?

這條路叫什麼？

39. What are you looking at?

你在看什麼？

40. What is that?

那是什麼？

41. That Sunshine Building is the tallest building in Japan.

那座“太陽城”是全日本最高的摩天大樓。

42. That building is 240 meters high, and has 60 storeys.

它的高度是 240 米，共有 60 層。

43. The height of Tokyo Tower is 250 meters.

東京鐵塔的高度是 250 米。

44. Subarashii-desu-ne.

素晴しい　ですね

45. Ichiban ii eigakan-wa doko-desu-ka?

一番いい　映画館は　どこですか

46. Yūrakuza-desu.

有楽座です

47. Ima nani-o jōeishite-imasu-ka?

今　何を　上映して　いますか

48. Konban-no kippu-ga arimasu-ka?

今晩の切符が　ありますか

49. Ii zaseki-ga hoshii-desu.

いい座席が　ほしいです

50. Siteiseki-o nimai-kudasai.

指定席を　二枚ください

51. Nyūjoryō-wa ikura-desu-ka?

入場料は　いくらですか

52. Puroguramu-o-kudasai.

プログラムを　ください

53. Shuyaku-wa dare-desu-ka?

主役は　誰ですか

54. Dare-ga shutsuen-shite-imasu-ka?

誰が　出演していますか

55. Watashi-wa gorufu-ga shitai-desu.

わたしは　ゴルフが　したいです

44. It is wonderful, isn't it?

真是好極了。

45. Which is the best cinema?

最好的電影院是哪家？

46. It is the Yūrakuza Theatre.

是有樂座電影院。

47. What is it showing now?

現在放映什麼影片？

48. Are there any tickets for tonight?

有今天晚上的票嗎？

49. I want a good seat.

我要張好的座位。

50. Please give me two first class tickets.

請給我兩張頭等票。

51. How much is the admission fee?

入場費多少？

52. Please give me a programme.

請給我一張節目表（單）。

53. Who is the leading actor?

誰是主角？

54. Who is starring in the picture?

是誰主演？

55. I want to play golf.

我想打高爾夫球。

56. Gorufujō-e an'nai-shite-kudasai.

ゴルフ場へ　案内して　ください

57. Gorufu-dōgu-ga arimasen.

ゴルフ道具が　ありません

58. Gorufu-no dōgu-o kashite-kudasai.

ゴルフの　道具を　貸して　ください

56. Please show me to the golf links.

請帶我到高爾夫球場。

57. I do not have golf clubs.

我沒有高爾夫球桿。

58. Could you rent me some golf clubs?

請借我高爾夫球桿。

⊙東京的主要國電

山 手 線	Yamanote-sen
中 央 線	Chūō-sen
総 武 線	Sōbu-sen
京浜東北線	Keihintōhoku-sen

⊙東京的地下鐵

銀 座 線	Ginza-sen
丸ノ内線	Marunouchi-sen
日 比 谷 線	Hibiya-sen
東 西 線	Tōzaisen
千 代 田 線	Chiyoda-sen
有 楽 町 線	Yūrakuchō-sen
半 蔵 門 線	Hanzōmon-sen
都営浅草線	Toei Asakusa-sen
都営三田線	Toei Mita-sen
都営新宿線	Toei Shinjuku-sen

■ Yōgo (Vocabulary) 用語

観光	kankō	觀光	sight-seeing
観光客	kankōkyaku	旅客	tourist
案内書	an'naisho	旅遊指南	guide book
名所	meisho	名勝	famous places
面白い	omoshiroi	有趣	interesting
午前	gozen	上午	morning
午後	gogo	下午	afternoon
説明する	setsumei suru	解說	explain
団体客	dantaikyaku	旅行團	tour group
休暇	kyūka	假期	holiday
中心地	chūshinchi	中心地	central point
一緒	issho	一起	together
映画館	eigakan	電影院	theatre, cinema
入場料	nyūjōryō	入場費	admission fee
主役	shuyaku	主角	leading actor (actress)
出演	shutsuen	表演，演出	performance
道具	dōgu	道具	instrument
観光バス	kankō basu	觀光（巴士）車	sight-seeing bus
遊覧船	yūran sen	觀光船	sight-seeing boat
大人	otona	大人	adult
子供	kodomo	小孩	children
フェリー	fuerii	渡船	ferry
一日コース	ichinichi・kōsu	全日遊覽	full-day tour
半日コース	han'nichi・kōsu	半日遊覽	half-day tour
ナイト・コース	naito・kōsu	夜間遊覽	night tour
ピック・アップ時刻	pikkuappu・jikoku	載客時間	pick-up time
軽食	keishoku	點心	light meal
展望デッキ	tenbō dekki	瞭望台	observation deck
旧跡	kyūseki	古跡	historic spot
郊外	kōgai	郊外	suburb
民族音楽	minzoku ongaku	傳統音樂	traditional music

民族舞踊	minzoku buyō	傳統舞蹈	traditional dance
タクシー	takushii	計程車	taxi
馬車	basha	馬車	carriage
三輪車	sanrinsha	三輪車	trishaw
お祭り	omatsuri	節日	festival
海岸	kaigan	海岸	seashore
陸	riku	陸地	land
島	shima	島	island
半島	hantō	半島	peninsula
山	yama	山	mountain
丘	oka	丘	hill
火山	kazan	火山	volcano
温泉	onsen	溫泉	hot spring
砂漠	sabaku	沙漠	desert
海	umi	海	sea
川	kawa	河	river
湖	mizu'umi	湖	lake
池	ike	池	pond
沼	numa	沼	swamp
滝	taki	瀑布	waterfall
橋	hashi	橋	bridge
噴水	funsui	噴泉	fountain
芝生	shibafu	草地	lawn
花壇	kadan	花壇	flower-bed
花	hana	花	flower
葉	ha (happa)	葉	leaf
枝	eda	枝	branch
木	ki	樹	tree
森（森林）	mori (shinrin)	森林	forest
庭（庭園）	niwa (teien)	花園	garden
入口	iriguchi	入口	entrance
出口	deguchi	出口	exit
立入り禁止	tachi'iri kinshi	禁止進入	no admittance
20歳未満はお断り	nijisai miman wa okotowari	二十歳以下禁止進入	no admittance for teenagers

自由にお取りください	jiyū ni otori ku-dasai	請自便	please help your-self
公衆電話	kōshū denwa	公共電話	public telephone
電話帳	denwa chō	電話薄	telephone directory
大使館	taishikan	大使館	embassy
公使館	kōshikan	公使館	legation
領事館	ryōjikan	領事館	consulate
現像する	genzō suru	冲洗相片	to develop a photograph
焼付	yakitsuke	晒印相片	print the photograph
祭日	saijitsu	公衆假期	public holiday

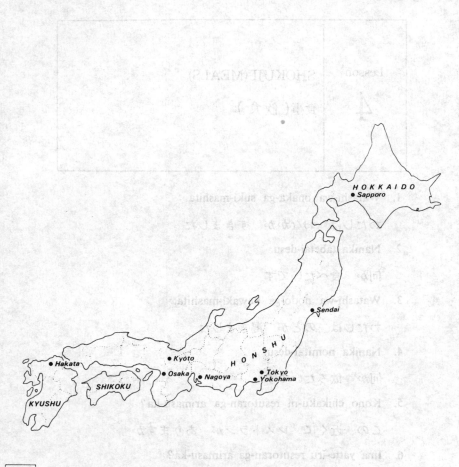

Lesson 4	SHOKUJI (MEALS) 食事（飲食）

1. **Watashi-wa onaka-ga suki-mashita.**

   わたしは　おなかが　すきました

2. **Nanika tabetai-desu.**

   何か　食べたいです

3. **Watashi-wa nodo-ga kawaki-mashita.**

   わたしは　のどが　渇きました

4. **Nanika nomitai-desu.**

   何か　飲みたいです

5. **Kono chikaku-ni resutoran-ga arimasu-ka?**

   この　近くに　レストランが　ありますか

6. **Ima yatte-iru resutoran-ga arimasu-ka?**

   今　やっている　レストランが　ありますか

7. **Bangohan-o goissho-ni ikaga-desu-ka?**

   晩ご飯を　ご一緒に　いかがですか

8. **Watashi-ga gochisō-shimasu.**

   わたしが　ご馳走　します

9. **Seisō-ga hitsuyō-desu-ka?**

   正装が　必要ですか

1. I am hungry.

   我餓了。

2. I would like something to eat.

   我想吃一些東西。

3. I am thirsty.

   我口渴了。

4. I would like to have someting to drink.

   我想喝一點東西。

5. Is there a restaurant near here?

   這附近有餐館嗎？

6. Is there a restaurant open now?

   現在還有餐館營業嗎？

7. Would you care to have dinner with me?

   一起去吃晚飯好嗎？

8. I will treat you.

   我請客。

9. Is it necessary to wear formal dress?

   要穿禮服去嗎？

10. Nekutai-ga irimasu-ka?

ネクタイが いりますか

11. Kodomozure-desu-ga kamaimasen-ka?

子供連れですが かまいませんか

12. Irasshai-mase.

いらっしゃいませ

13. Dōzo ohairi-kudasai.

どうぞ お入りください

14. Oku-e dōzo.

奥へ どうぞ

15. Yoyaku-o sare-mashita-ka?

予約を されましたか

16. Hai, shimashita.

はい、しました

17. Iie, shimasen-deshita.

いいえ、しませんでした

18. Ima konde-(suite)-imasu.

今 混んで（すいて）います

19. Omachi-itadake-masu-ka?

お待ち いただけますか

20. Donokurai matanakereba-narimasen-ka?

どのくらい 待たなければ なりませんか

21. Omatase-itashi-mashita.

お待たせ いたしました

10. Do I have to put on a tie?

要打領帶嗎？

11. Is it all right to bring the children?

可以帶小孩子去嗎？

12. Welcome.

歡迎。

13. Please come in.

請進來。

14. Please go inside.

請到裡面去。

15. Have you made a reservation?

您訂座位了嗎？

16. Yes, I have.

已經訂了。

17. No, I haven't.

還沒訂。

18. It is crowded (not crowded) now.

現在客滿（有空位）。

19. Would you mind waiting for a while?

請您等一下好嗎？

20. How long must I wait?

要等多久呢？

21. Sorry to keep you waiting.

對不起，讓您久等了。

22. Nanmei-sama-desu-ka?

何名さまですか

23. Go-nin-desu.

五人です

24. Kono tēburu-wa aite-imasu-ka?

この テーブルは あいていますか

25. Hitori-desu-ga tēburu-ga arimasu-ka?

一人ですが テーブルが ありますか

26. San-nin bun-no zaseki-o totte-kudasai.

三人分の 座席を とって ください

27. Dōzo kochira-e.

どうぞ こちらへ

28. Kono oseki-wa ikaga-deshō-ka?

この お席は いかがでしょうか

29. Dōzo okake-kudasai.

どうぞ おかけ ください

30. Nani-o meshi-agari-masu-ka?

何を 召し上りますか

31. Menyū-o misete-kudasai.

メニューを 見せて ください

32. Nanika oishii mono-o shōkai-shite-kudasai.

何か おいしいものを 紹介して ください

33. Kore-wa kyō-no tokubetsu-ryōri-desu.

これは 今日の 特別料理です

22. For how many, please?

請問有幾位?

23. Five people.

五人。

24. Is this table vacant?

這張桌子空着嗎?

25. I am alone, is there a table for one?

只是一個人,有空位嗎?

26. Please reserve a table for 3.

請找一張有三個座位的桌子。

27. This way please.

請到這邊來。

28. How about this seat?

這個座位好嗎?

29. Please sit down.

請您坐下。

30. What would you like to have?

您要吃什麼?

31. Please show me the menu.

請給我看菜單。

32. Please recommend some special dishes.

有什麼特別的菜式,請介紹一下。

33. This is today's special.

這是今天的特餐單。

34. Nanika karuimono-ga arimasu-ka?

何か 軽いものが ありますか

35. Chūkaryōri-ga osuki-desu-ka?

中華料理が お好きですか

36. Hai, daisuki-desu.

はい、だい好きです

37. Iie, amari sukidewa-arimasen.

いいえ、あまり 好きでは ありません

38. Teishoku-o kudasai.

定食を ください

39. Ippinryōri-ga hoshii-n-desu-ga.

一品料理が ほしいんですが

40. Are to onajimono-o kudasai.

あれと 同じものを ください

41. Sugu dekimasu-ka?

すぐ できますか

42. Nani-ga hayaku dekimasu-ka?

何が 早く できますか

43. O-shokuji-no mae-ni nomimono-wa ikaga-desu-ka?

お食事の前に 飲みものは いかがですか

44. Nani-o o-nomi-ni-narimasu-ka?

何を お飲みに なりますか

45. Biiru-o kudasai.

ビールを ください

34. Do you have any snacks?

有什麼小吃（點心）嗎？

35. Do you like Chinese food?

您喜歡中國菜嗎？

36. Yes, I like it very much.

我很喜歡。

37. No, I don't particularly like it.

我不大喜歡。

38. Please serve me the table d'hôte.

請給我一客快餐。

39. I want to order a la carte.

我要點菜。

40. Please give me the same as that.

請給我一份跟那個一樣的。

41. Will it be ready soon?

很快就好嗎？

42. What can be served quickly?

什麼菜能快一點呢？

43. Would you like to have some drinks before the meal?

飯前想喝點什麼嗎？

44. What would you like to drink?

您要喝什麼呢？

45. Give me a glass of beer, please.

請給我一杯啤酒。

46. Otsumami-o kudasai.

おつまみを ください

47. Nanika goyō-desu-ka?

何か ご用ですか

48. Kore-o mōsukoshi kudasai.

これを もう少し ください

49. Hai, kashikomari-mashita.

はい かしこまりました

50. Hoka-ni nanika gochūmon-wa arimasen-ka?

ほかに 何か ご注文は ありませんか

51. Kore-wa yogorete-imasu.

これは 汚れています

52. Haizara-o torikaete-kudasai.

灰皿を 取り替えて ください

53. Kore-de yoroshii-desu-ka?

これで よろしいですか

54. Kore-wa watashi-no-dewa arimasen.

これは わたしのでは ありません

55. Mōshiwake-gozaimasen.

申しわけ ございません

56. Sutēki-no yakiguai-wa ikaga-itashimashō-ka?

ステーキの 焼き具合は いかが いたしましょうか

46. Please give me some tit-bits.

請拿一點下酒的菜來。

47. What can I do for you?

有什麼事嗎？

48. Please give me some more of this.

請再拿一點這種菜。

49. Certainly, sir (madam).

好的。

50. Would you like to order something else?

你還要叫些其他的菜嗎？

51. This is dirty.

這個太髒了。

52. Please change the ash-tray.

請換個烟灰缸。

53. Is this all right?

這個好嗎？

54. I didn't order this.

我沒有叫這個。

55. I am sorry.

對不起。

56. How would you like your steak done?

你的牛排要烤到什麼程度？

57. Yoku yaite-(uerudan-ni shite) kudasai.

　　よく焼いて（ウエル・ダンにして）ください

58. Midiamu-ni shite-kudasai.

　　ミディアムにして　ください

59. Sarada-wa nani-o o-kake-shimashō-ka?

　　サラダは　何を　おかけしましょうか

60. Sauzando・ai'rando-o o-negai-shimasu.

　　サウザンド・アイランドを　お願いします

61. Osukina-no-o o-tori-kudasai.

　　お好きなのを　お取りください

62. Mōsukoshi ikaga-desu-ka?

　　もう少し　いかがですか

63. Dōzo gojiyū-ni o-tori-kudasai.

　　どうぞ　ご自由に　お取りください

64. Mō kekkō-(jūbun) desu.

　　もう　結構（充分）　です

65. Dezāto-wa nani-ga yoroshii-deshō-ka?

　　デザートは　何が　よろしいでしょうか

66. Aisukuriimu-o o-negai-shimasu.

　　アイスクリームを　お願いします

67. Kudamono-o mottekite-kudasai.

　　果物を　持って来て　ください

68. Kōcha to kōhii to dochira-ga yoroshii-desu-ka?

　　紅茶と　コーヒーと　どちらがよろしいですか

57. Well done, please.

請烤全熟。

58. Medium, please.

請烤半熟。

59. What would you like with your salad?

"沙律"（沙拉）上要澆點什麼嗎？

60. Please give me the "Thousand Island Dressing".

請給我"千島牌"佐料醬。

61. Please take what you like.

請隨便拿您喜歡的。

62. Would you like to have some more?

請再吃一點好嗎？

63. Please help yourself.

請不要客氣（請隨便）。

64. I have had enough.

我已經夠了。

65. What would you like to have for dessert?

你要什麼甜點？

66. Please give me an ice-cream for dessert.

請給我雪糕（冰淇淋）。

67. Please bring me some fruits.

請給我一點水果。

68. Which do you prefer, tea or coffee?

你喜歡紅茶還是咖啡？

69. Miruku tii-desu-ka, remon tii-desu-ka?

ミルク・ティーですか、レモン・ティーですか

70. O-aji-wa ikaga-desu-ka?

お味は　いかがですか

71. Taihen oishii-desu.

たいへん　おいしいです

72. Chōdo ii-desu.

ちょうど　いいです

73. Amasugi-masu.

甘すぎます

74. Amai-(shiokarai, suppai, nigai) desu.

甘い（塩辛い，酸っぱい，苦い）です

75. Amaku arimasen.

甘くありません

76. Aji-ga arimasen.

味が　ありません

77. Shio-o totte-kudasai.

塩を　取って　ください

78. Mō osumi-desu-ka?

もう　おすみですか

79 Osageshite-yoroshii-desu-ka?

おさげして　よろしいですか

80. O-kanjō-o o-negai-shimasu.

お勘定を　お願いします

69. Tea with milk or lemon?

奶茶還是檸檬茶？

70. How do you like it?

味道好嗎？

71. It is delicious.

很好吃。

72. It is alright.

（味道）剛好。

73. It is too sweet.

太甜了。

74. It is sweet (salty, sour, bitter).

夠甜了。（鹹了、酸了、苦了）

75. It is not sweet.

不甜。

76. It is tasteless.

沒有味道。

77. Please pass the salt.

請把鹽遞過來。

78. Have you finished?

您吃完了嗎？

79. May I take it away?

我可以收拾了嗎？

80. Please let me have the bill.

請把帳單給我。

81. Reshiito (uketori)-o kudasai.

レシート（受取り）を　ください

82. O-ikura-desu-ka?

おいくら　ですか

83. Gosen-en itadakimasu.

5,000円　いただきます

84. Sābisuryō-ga fukumarete-imasu-ka?

サービス料が　含まれていますか

85. Hai, fukumarete-imasu.

はい、含まれています

86. Iie, fukumarete-imasen.

いいえ、含まれていません

87. O-tsuri-wa chippu-ni totteoite-kudasai.

おつりは　チップに　取っておいて　ください

88. Arigatō-gozaimashita.

ありがとう　ございました

89. Mata dōzo irasshatte-kudasai.

また　どうぞ　いらっしゃって　ください

90. Kono resutoran-wa chūgokujin-no keiei-desu-ka?

この　レストランは　中国人の　経営ですか

91. Hai, sō-desu.

はい、そうです

92. Kono resutoran-wa nanji-ni kaiten (heiten)-shimasu-ka?

この　レストランは　何時に　開店（閉店）　しますか

81. Please give me the receipt.

請給我收據。

82. How much is it?

多少錢？

83. Five thousand yen, please.

五千日圓。

84. Is the service charge included?

包括服務費嗎？

85. Yes, it is included.

包括在內。

86. No, it is not included.

不包括。

87. Please keep the change for the tip.

找的零錢就當小費吧。

88. Thank you very much.

謝謝你。

89. Please come again.

請再來。

90. Is this shop managed by a Chinese?

這間菜館是中國人經營的嗎？

91. Yes, it is.

是的。

92. What time does this shop open (close)?

這間菜館幾點開門（關門）？

93. Jūichiji-ni heiten-itashi-masu.

11時に　閉店いたします

94. O-yasumi-wa itsu-desu-ka?

お休みは　いつですか

95. Ichinenjū mukyū-desu.

一年中　無休です

96. Gochisō-sama-deshita.

ご馳走さまでした

97. Dō-itashimashite, o-somatsusama-deshita. (Shōtai shita hito-ga)

どう　いたしまして、お粗末さまでした　（招待した人が）

93. The shop closes at 11 o'clock.

這家店十一點關門。

94. Which day does the shop close?

哪一天休息？

95. It is open throughout the year.

每天都營業。

96. Thank you for your hospitality.

謝謝你的款待。

97. Don't mention it, it was merely simple fare. (to the guest whom you invited)

沒什麼好菜，請別客氣。（主人對客人說的）

■ Yōgo (Vocabulary) 用語

食事	shokuji	飲食	meals
ご馳走する	gochisō suru	請客	give a treat
正装	seisō	禮服	formal dress
混む	komu	擁擠	crowded
すく	suku	空	empty
自慢料理	jiman ryōri	招牌菜，拿手菜	special delicious dishes
特別料理	tokubetsu ryōri	佳肴	special dishes
中華料理	chūka ryōri	中國餐	Chinese food
定食	teishoku	快餐	table d'hote (fixed menu)
一品料理	ippinryōri	零點的菜	a la carte
注文する	chūmon suru	叫（菜）	order
おつまみ	otsumami	下酒菜	tit-bits
きれいだ	kireida	乾淨	clean
灰皿	haizara	烟灰缸	ash-tray
取り替える	torikaeru	掉換	change for another
焼き具合	yakiguai	燒烤程度	how do you like your steak?
ウエル・ダン	ueru・dan	全熟	well-done
ミディアム	mideamu	半熟	medium
レア	rea	（肉類煮得嫩的）	rare
果物	kudamono	水果	fruit
紅茶	kōcha	紅茶（錫蘭茶）	tea (Ceylon)
コーヒー	kōhii	咖啡	coffee
味	aji	味道	taste
おいしい	oishii	美味	delicious
甘い	amai	甜	sweet
塩辛い	shiokarai	鹹	salty
酸っぱい	suppai	酸	sour
苦い	nigai	苦	bitter
領収書	ryōshūsho	收據	receipt
経営	keiei	經營	management

閉店	kaiten	開始營業	opening of business
閉店	heiten	停止營業	closing of business
無休	mukyū	每日營養	open everyday
粗末	somatsu	便餐	simple food
西洋料理	seiyō ryōri	西餐	western food
日本料理	nihon ryōri	日本餐	Japanese food
朝ご飯	asagohan	早飯（餐）	breakfast
昼ご飯	hirugohan	午飯（餐）	lunch
晩ご飯	bangohan	晩飯（餐）	dinner
ご飯	gohan	飯	boiled rice
（お）米	(o)kome	米	rice
うどん	udon	麵	noodles
そば	soba	蕎麥麵	buckwheat
パン	pan	麵包	bread
肉	niku	肉	meat
牛肉	gyūniku	牛肉	beef
豚肉	butaniku	豬肉	pork
鶏の肉	tori no niku	雞肉	chicken meat
羊の肉	hitsuji no niku	羊肉	mutton
あひる	ahiru	鴨	duck
七面鳥	shichimenchō	火雞	turkey
魚	sakana	魚	fish
かき	kaki	牡蠣	oyster
小蝦	koebi	小蝦	shrimp
車蝦	kurumaebi	蝦	prawn
伊勢蝦	ise'ebi	龍蝦	lobster
蟹	kani	螃蟹	crab
たこ	tako	章魚	octopus
いか	ika	墨魚	cuttle fish
鱈（たら）	tara	鱈魚	codfish
鮭（さけ）	sake	鮭魚	salmon
鮪（まぐろ）	maguro	金槍魚	bluefin
鰯（いわし）	iwashi	沙丁魚	sardine
鯉（こい）	koi	鯉魚	carp

鮑（あわび）	awabi	鮑魚	abalone
酢の物	sunomono	甜酸小食，開胃菜	a vinegared dish
漬物	tsukemono	泡菜	pickles
デザート	dezāto	甜品	dessert
レモン	remon	檸檬	lemon
ミルク	miruku	牛奶	milk
砂糖	satō	糖	sugar
トースト	tōsuto	烤麵包	toast
バター	batā	奶油、黃油	butter
ジャム	jyamu	果醬	jam
カクテル	kakuteru	雞尾酒	cocktail
ビール	biiru	啤酒	beer
日本酒	nihonshu	日本酒	sake
ウイスキー	uisukii	威士忌酒	whisky
ぶどう酒	budōshu	葡萄酒	wine
中国の酒	chūgoku no sake	中國酒	Chinese wine
野菜	yasai	蔬菜	vegetables
大根	daikon	白蘿蔔	radish
人参	ninjin	胡蘿蔔	carrot
馬鈴薯	bareisho	馬鈴薯	potato
薩摩芋	satsumaimo	甘薯	sweet potato
豆	mame	豆	beans
キューリ	kyūri	黃瓜	cucumber
椎茸	shiitake	冬菇	mushroom
玉葱	tamanegi	洋葱	onion
長葱	naganegi	葱	spring onion
もやし	moyashi	豆芽	bean sprout
なすび	nasubi	茄子	eggplant
トマト	tomato	蕃茄	tomato
ほうれん草	hōrensō	菠菜	spinach
白菜	hakusai	白菜	Chinese cabbage
セロリ	serori	芹菜	celery
筍（竹の子）	takenoko	竹筍	bamboo shoot
キャベツ	kyabetsu	包心菜	cabbage
西瓜	suika	西瓜	watermelon

ぶどう	budō	葡萄	grapes
メロン	meron	甜瓜	melon
栗	kuri	栗子	chestnut

Lesson 5	KAIMONO (SHOPPING) 買物 (購物)

1. Shōtengai-wa dochira-desu-ka?

商店街は　どちらですか

2. Ryakuzu-o kaite-kudasai.

略図を　かいて　ください

3. Irasshai-mase.

いらっしゃいませ

4. Nani-o sashiage-mashō-ka?

何を　さし上げましょうか

5. Nani-o o-sagashi-desu-ka?

何を　お探しですか

6. Chotto misete-kudasai.

ちょっと　見せて　ください

7. Dōzo goenryonaku goran-kudasai.

どうぞ　ご遠慮なく　ご覧ください

8. Sono tokei-o misete-kudasai.

その　時計を　見せて　ください

9. Hōseki-ga kaitai-n-desu-ga.

宝石が　買いたいんですが

1. Where is the main shopping district?

   商店區在什麼地方？

2. Please sketch a map for me.

   請畫一張草圖給我。

3. Welcome.

   歡迎。

4. What can I offer you?

   您要買什麼？

5. What are you looking for?

   您要找什麼？

6. Just show me around, please.

   請讓我看看。

7. Please look around at your leisure.

   請隨便看。

8. Please show me that watch.

   請拿那只手錶給我看看。

9. I want to buy jewels.

   我要買珠寶。

10. Kamera-o utte-imasu-ka?

カメラを 売っていますか

11. Hai, iroiro gozaimasu.

はい、いろいろ ございます

12. O-hana-wa doko-de kaemasu-ka?

お花は どこで 買えますか

13. Sangai-de kaemasu.

三階で 買えます

14. Fujinfuku uriba-wa doko-ni arimasu-ka?

婦人服売場は どこにありますか

15. Yonkai-ni arimasu.

四階に あります

16. Shichakushitsu-wa doko-desu-ka?

試着室は どこですか

17. Naoshite-moraemasu-ka?

なおして もらえますか

18. Itsu dekimasu-ka?

いつ できますか

19. Ichinichi kakarimasu.

一日 かかります

20. Kore-wa ikaga-desu-ka?

これは いかがですか

21. Yoku oniai-desu.

よく お似合いです

10. Do you sell cameras?

你們有賣照相機嗎？

11. Yes, we have various kinds.

有賣，各式各樣都有。

12. Where can I buy flowers?

我在哪裡可以買到花呢？

13. You can buy them on the second floor.

在三樓可以買到。

14. Where is the lady's wear department?

女裝部在什麼地方？

15. It is on the third floor.

在四樓。

16. Where is the fitting room?

試衣室在哪裡？

17. May I have it altered?

可以幫我改一下嗎？

18. When will it be ready?

什麼時候可以改好呢？

19. It takes one day.

需要一天的時間。

20. How about this one?

這件好嗎？（這件怎麼樣？）

21. It suits you very well.

您穿很合適。

22. Kore-wa kini'irimasen.

これは　気に入りません

23. Kore-wa hade-(jimi) desu.

これは　派手（地味）　です

24. Kono iro-wa watashi-ni aimasen.

この色は　わたしに　あいません

25. Motto akarui iro-ga suki-desu.

もっと　明るい色が　好きです

26. Motto ii-no-ga arimasen-ka?

もっと　いいのが　ありませんか

27. Mōsukoshi ōkii (chiisai)-no-o kudasai.

もう少し　大きい（小さい）のを　ください

28. Kore-wa takasugimasu.

これは　高すぎます

29. Yosan-ga tarimasen.

予算が　足りません

30. Motto yasui-no-o kudasai.

もっと　安いのを　ください

31. Sukoshi makete-kudasai.

少し　まけて　ください

32. Mōshiwake-gozaimasen-ga, teika dōri-de-gozaimasu.

申しわけ　ございませんが　定価どうりで　ございます

33. Kakene-wa shiteimasen.

掛値は　していません

22. I do not like this.

我不喜歡這件。

23. This is gaudy (too plain).

這個太艷（太素）了。

24. This colour doesn't suit me.

這顏色不適合我。

25. I like a brighter colour.

我喜歡鮮艷一點的顏色。

26. Do you have a better one?

有更好的嗎？

27. Give me a bigger (smaller) one, please.

請給我大（小）一點的。

28. This is too expensive.

這件太貴了。

29. I do not have enough money.

我的錢不夠。

30. Please give me a cheaper one.

請給我便宜一點的。

31. Could you reduce the price a little?

能便宜一點嗎？

32. I am sorry but the price is fixed.

對不起，都是定價的。

33. We never over-charge.

我們不會抬高價錢。

34. Juppāsento ohiki-itashimasu.

10パーセント　お引き　いたします

35. Kore-wa kowarete-imasu.

これは　こわれています

36. Torikaete-kudasai.

取り替えて　ください

37. Kore to onajiyōnamono-o utte-imasu-ka?

これと　同じようなものを　売っていますか

38. Ainiku ima shinagire-desu.

あいにく　今　品切れです

39. Kono zaishitsu-wa nan-desu-ka?

この材質は　何ですか

40. Sore-wa wanigawa-desu.

それは　ワニ皮です

41. Kore-wa dokosei-desu-ka?

これは　どこ製ですか

42. Sore-wa Itaria (Nippon) sei-desu.

それは　イタリア（日本）製　です

43. Kore-wa saishingata-(atarashii dezain) desu.

これは　最新型（新しいデザイン）　です

44. Kore-wa ima Pari (Nippon)-de ryūkō shite-imasu.

これは　今　パリ（日本）で　流行しています

45. Kore-wa ichinenkan-no hoshō-tsuki-desu.

これは　一年間の　保証付きです

34. I can give you 10 per cent discount.

給您打九折吧。

35. This is broken.

這是壞的。

36. Please exchange it.

請給我換一換。

37. Do you sell something like this?

你們有賣這種東西嗎？

38. Unfortunately it is out of stock now.

對不起，現在缺貨。

39. What is this made of (made from)?

這是用什麼做的？

40. It is made of crocodile skin.

這是用鱷魚皮做的。

41. Where was this made?

這是什麼地方製（造）的？

42. It was made in Italy (Japan).

那是意大利（日本）製造的。

43. This is the latest design.

這是最新的款式。

44. This is now in fashion in Paris (Japan).

這個現在在巴黎（日本）流行。

45. This is guaranteed for one year.

這個有一年的保證期。

46. Mata kimasu.

また 来ます

47. Kore-o-kudasai.

これを ください

48. Kono ehagaki-wa ikura-desu-ka?

この 絵はがきは いくらですか

49. Ichimai yonjū-en-desu.

一枚 40円です

50. Minna-de (zenbu-de) o-ikura-desu-ka?

みんなで（全部で） おいくらですか

51. Ichiman-en itadakimasu.

1万円 いただきます

52. Hako-dai-o sanbyaku-en itadakimasu.

箱代を 300円 いただきます

53. Doko-de shiharau-n-desu-ka?

どこで 支払うんですか

54. Dōzo mukō-no kauntā-de o-harai-kudasai.

どうぞ 向こうの カウンターで お払いください

55. Toraberāzu-chekku-ga tsukae-masu-ka?

トラベラーズ・チェックが 使えますか

56. Pasupōto-o o-mise-kudasai.

パスポートを お見せください

57. Shōshō o-machi-kudasai.

少々 お待ちください

46. I will come again.

我會再來。

47. Please give me this.

請給我這個。

48. How much are the picture post-cards?

這張明信片多少錢一張?

49. They are forty yen each.

一張四十日圓。

50. How much is it altogether?

一共多少錢?

51. Ten thousand yen, please.

一萬日圓。

52. Please pay three hundred yen for the box.

請付盒子費,三百日圓。

53. Where do I pay?

到哪裡付錢?

54. Please pay at the counter over there.

請到那邊的櫃台付錢。

55. Can I use traveller's cheques?

我可以用旅行支票嗎?

56. Please show me your passport.

請讓我看看您的護照。

57. Just a moment, please.

請您等一下。

58. O-tsuri-de gozaimasu.

    おつりで　ございます

59. O-tsuri-ga machigatte-imasu.

    おつりが　間違っています

60. Mōichido shirabete-kudasai.

    もう一度　調べて　ください

61. Shitsurei-itashi-mashita.

    失礼　いたしました

62. Kono shina-wa menzeihin-desu.

    この品は　免税品です

63. Kore-o kirei-ni tsutsunde-kudasai.

    これを　きれいに　包んで　ください

64. Kore-o hoteru-ni todokete-kudasai.

    これを　ホテルに　届けて　ください

65. Haitatsuryō toshite sanbyaku-en itadakimasu.

    配達料として　300円　いただきます

66. Marēshia-ni okutte-moraemasu-ka?

    マレーシアに　送って　もらえますか

67. Uketorinin-no o-namae to jūsho-o o-kaki-kudasai.

    受け取り人の　お名前と　住所を　お書きください

58. This is your change.

這是找給您的錢。

59. You have made a mistake in the change.

你找的錢不對吧。

60. Please check once more.

請再查點一下。

61. I am sorry.

對不起。

62. This is a tax-free article.

這是免稅品。

63. Please wrap this up nicely.

請把它包好一點。

64. Please send this to the hotel.

請把這東西送到旅館去。

65. We shall charge three hundred yen for the delivery fee.

我們要收三百日圓的運送費。

66. Can you send this to Malaysia?

可以把這個寄到馬來西亞去嗎？

67. Please write down the name and address of the recipient.

請寫下收件人的姓名、地址。

■ Yōgo (Vocabulary) 用語

買物	kaimono	購物	shopping
商店街	shōtengai	商店區	shopping street
略図	ryakuzu	草圖	sketch map
時計	tokei	手錶	watch
婦人服売場	fujinfuku uriba	女裝部	lady's wear counter
調整する	chōsei suru	修改	to alter
派手	hade	華麗，鮮艷	showy, bright
地味	jimi	樸素，簡單	plain, simple
高すぎる	takasugiru	太貴	too expensive
安い	yasui	便宜	cheap
定価	teika	定價	fixed price
掛値	kakene	抬高價錢	over-charged
品切れ	shinagire	缺貨	out of stock
（絵）はがき	(e) hagaki	（圖畫）明信片	(picture) postcard
花瓶	kabin	花瓶	vase
材料	zairyō	質地	material
革製	kawasei	皮革品	leather products
どこ製	dokosei	哪國貨	where is it made?
イタリア製	Itariasei	意大利貨	made in Italy
最新型	saishingata	最新款式	latest design
流行	ryūkō	流行	in fashion
保証付	hoshōtsuki	有保證	with guarantee
計算	keisan	計算	calculation
配達料	haitatsuryō	運送費	delivery charge
値段	nedan	價錢	price
お金	okane	錢	money
店員	tenin	店員	shop assistant
デパート	depāto	百貨商店	department store
みやげ物店	miyage monoten	紀念品商店	souvenir shop
みやげ品	miyagehin	紀念品（禮物）	souvenir (gift)
免税店	menzeiten	免稅商店	tax-free shop
たばこ	tabako	香烟	cigarette
葉巻き	hamaki	雪茄	cigar

パイプ用たばこ	paipuyō tabako	烟斗烟草	pipe tobacco
ライター	raitā	打火機	lighter
シガレット・ケース	shigaretto・kēsu	烟盒	cigarette case
酒類	sakerui	酒類	alcoholic drinks
指輪	yubiwa	戒指	ring
ネックレス	nekkuresu	項鏈	necklace
ブローチ	burōchi	別針	brooch
イヤリング	iyaringu	耳環	ear-rings
アクセサリー	akusesarii	附帶品	accessories
ダイヤモンド	daiyamondo	鑽石	diamond
翡翠（ひすい）	hisui	翡翠	jade
珊瑚（さんご）	sango	珊瑚	coral
水晶	suishō	水晶	crystal
洋服屋	yōfukuya	裁縫店	tailor shop
洋服	yōfuku	衣服；衣裳	dress
下着	shitagi	內衣	underwear
手袋	tebukuro	手套	gloves
靴下	kutsushita	襪子	socks
靴	kutsu	鞋子	shoes
帽子	bōshi	帽子	hat
傘	kasa	雨傘	umbrella
ハンカチ	hankachi	手帕	handkerchief
絹	kinu	絲綢	silk
木綿	momen	綿布	cotton
ネクタイ	nekutai	領帶	necktie
ネクタイピン	nekutaipin	領帶夾	necktie pin
カフス・ボタン	kafusu botan	袖釦	cuff link
民芸品	mingeihin	民間工藝品	local handicraft article
骨とう品	kottōhin	古董	curio, antique
象牙	zōge	象牙	ivory
毛皮	kegawa	毛皮	fur
化粧品	keshōhin	化妝品	cosmetics
鼻紙	hanakami	紙巾	tissue paper
鏡	kagami	鏡子	mirror

くし	kushi	梳子	comb
かみそり	kamisori	剃刀	razor
ハンドバック	handobakku	手提袋	handbag
財布	saifu	錢包	purse
万年筆	man'nenhitsu	鋼筆	fountain pen
めがね屋	meganeya	眼鏡店	optician
めがね	megane	眼鏡	spectacles
サングラス	sangurasu	太陽眼鏡	sun glasses
べっこう細工	bekkōzaiku	玳瑁製成品	tortoise shell work
8ミリ撮影機	hachimiri satsu-eiki	八厘米電影攝影機	8 mm. projector
双眼鏡	sōgankyō	望遠鏡	binoculars
フィルム	fuirumu	軟片	film

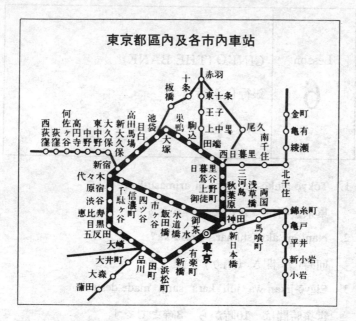

東京都區內及各市內車站

⊙ **東京的主要地名**

新　　　宿	Shinjuku
池　　　袋	Ikebukuro
巣　　　鴨	Sugamo
渋　　　谷	Shibuya
原　　　宿	Harajuku
品　　　川	Shinagawa
銀　　　座	Ginza
日　比　谷	Hibiya
神　保　町	Jinbōchō
神　　　田	Kanda
上　　　野	Ueno
秋　葉　原	Akihabara
浅　　　草	Asakusa
赤　　　坂	Akasaka
新　　　橋	Shinbashi
お茶ノ水	Ochanomizu

Lesson 6	GINKŌ (THE BANK) 銀行（銀行）

1. Tōkyō-ginkō-wa doko-ni arimasu-ka?

   東京銀行は　どこに　ありますか

2. Nanji-ni aki (shimari) masu-ka?

   何時に　開き（閉り）　ますか

3. Eigyō-jikan-wa jūji kara sanji made-desu.

   営業時間は　10時から　3時までです

4. Kono kogitte-o genkin-ni kaete-kudasai.

   この小切手を　現金に　かえて　ください

5. Ryōgae-wa dono madoguchi-desu-ka?

   両替は　どの窓口ですか

6. Ryōgae-o shite-kudasai.

   両替をして　ください

7. Kozeni mo mazete-kudasai.

   小銭も　混ぜて　ください

8. Kore-o komakaku-shite-kudasai.

   これを　細かくして　ください

9. Toraberāzu-chekku-o genkin-ni-shite-kudasai.

   トラベラーズ・チェックを　現金にして　ください

1. Where is the Bank of Tokyo?

   東京銀行在哪裏？

2. What time does the bank open (close)?

   銀行幾點開始（停止）營業？

3. The office hours are from 10 a.m. to 3 p.m.

   營業時間是從上午十點到下午三點。

4. Please cash this cheque.

   請將這張支票兌成現金。

5. Which window is for foreign exchange?

   兌換外滙在哪個窗口？

6. Please change this money for me.

   請替我兌換外滙。

7. Please include some small change.

   請換些零錢在裏頭。

8. Please give me some small change.

   請換給我一些零錢。

9. Please cash this traveller's cheque.

   請將這張旅行支票兌現。

10. Nippon en-o doru-ni kaete-kudasai.

日本円を　ドルにかえて　ください

11. Kyō-no rēto-wa ikura-desu-ka?

今日の　レートは　いくらですか

12. Kyō-no kawase-rēto-wa nihyaku-en-desu.

今日の　為替レートは　200円です

13. Dono yōshi-ni kinyū-shimasu-ka?

どの　用紙に　記入しますか

14. Kono yōshi-ni kaki-irete-kudasai.

この　用紙に　書き入れて　ください

15. Koko-ni sain-shite-kudasai.

ここに　サインして　ください

16. Kore-ga anata-no bangō-desu.

これが　あなたの　番号です

17. Yonban-no madoguchi-e oide-kudasai.

4番の　窓口へ　おいで　ください

18. Achira-de koshikakete-o-machi-kudasai.

あちらで　腰かけて　お待ち　ください

10. Please change these Japanese yen to dollars.

请将日元兑换成美元。

11. What is the exchange rate for today?

今天的兑换率是多少？

12. Today's exchange rate is two hundred yen.

今天的兑换率是两百日圆。

13. Which form should I fill in?

我该填哪一张表格？

14. Please fill in this form.

请填这表格。

15. Please sign here.

请在这儿签名。

16. This is your number.

这是你的号码。

17. Please go to window No. 4.

请到四号窗口去。

18. Please take a seat and wait.

请坐在那边等一下。

■ Yōgo (Vocabulary) 用語

銀行	ginkō	銀行	bank
営業時間	eigyōjikan	營業時間	business hours
用紙	yōshi	表格	form
記入する	kinyū suru	填入	to fill in
窓口	madoguchi	窗口	window
小切手	kogitte	支票	cheque
為替レート	kawase rēto	兌換率	exchange rate
為替	kawase	滙票	money order
公認両替商	kōninryōgaeshō	合法兌換商	authorized money changer
外貨交換証明書	gaikakōkan shō-meisho	外幣兌換證明書	foreign currency exchange certificate
硬貨	kōka	硬幣	coin
紙幣	shihei	紙幣	note
本店	honten	總店	main shop
支店	shiten	分店	branch
パーソナル・チェック	pāsonaru・chekku	個人支票	personal cheque
トラベラーズ・チェック	toraberāzu・chekku	旅行支票	traveller's cheque

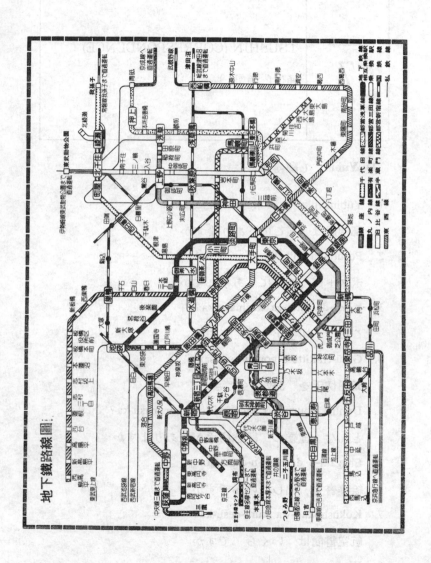

地下鐵路線圖

Lesson 7	TSŪSHIN (CORRESPONDENCE) 通信（通訊）

1) Yubin （郵便）

1. Yūbinkyoku-wa doko-ni arimasu-ka?

   郵便局は　どこに　ありますか

2. Posuto-ga chikaku-ni arimasu-ka?

   ポストが　近くに　ありますか

3. Koko-de kitte-ga kaemasu-ka?

   ここで　切手が　買えますか

4. Gojū-en-kitte-o gomai-kudasai.

   50円切手を　5枚　ください

5. Don'na shurui-no kinen-kitte-ga arimasu-ka?

   どんな　種類の　記念切手が　ありますか

6. Ehagaki-o dashitai-n-desu-ga.

   絵葉書を　出したいんですが

7. Kōkūshokan-wa ikura-desu-ka?

   航空書簡は　いくら　ですか

8. Kono tegami-wa ikura desu-ka?

   この　手紙は　いくら　ですか

1) Mail （郵件）

1. Where is the post office?

   郵局在哪裏？

2. Is there a post box near here?

   這附近有郵筒嗎？

3. Can I buy stamps here?

   我可以在這裏買郵票嗎？

4. Please give me five fifty yen stamps.

   請給我五枚五十日圓的郵票。

5. What type of memorial stamps do you have?

   有哪幾種紀念郵票？

6. I would like to send a post card.

   我要寄張明信片。

7. How much is an aerogramme?

   一張航空郵簡多少錢？

8. How much is the postage for this letter?

   這封信的郵費多少？

9. Jū-guramu ika-deshitara hyakusanjū-en-desu.

    10グラム　以下でしたら　130円です

10. Kono tegami-o kōkūbin (funabin)-de onegai-shimasu.

    この　手紙を　航空便（船便）で　お願いします

11. Kono tegami-o sokutatsu (kakitome)-de onegai-shimasu.

    この　手紙を　速達（書留）で　お願いします

12. Atena-no kakikata-wa korede ii-desu-ka?

    宛名の　書き方は　これで　いいですか

13. Amerika made nan'nichi gurai kakari-masu-ka?

    アメリカまで　何日ぐらい　かかりますか

14. Yaku isshūkan-desu.

    約　一週間です

15. Sokutatsu deshitara mikkakan-desu.

    速達でしたら　3日間です

16. Kono kozutsumi-o Kanada-e okuritai-no-desu-ga.

    この　小包を　カナダへ　送りたいのですが

17. Kozutsumi-no naka-ni nani-ga haitte-imasu-ka?

    小包の中に　何が　入っていますか

18. Ningyō to man'nenhitsu-desu.

    人形と　万年筆です

19. Zeikan-no shinkokusho-ni kinyū-shite-kudasai.

    税関の申告書に　記入して　ください

20. Nakami-no kakaku-o kaite-kudasai.

    中味の価格を　書いて　ください

9. Below ten grams the postage is one hundred and thirty yen.

十克以下的郵費是一百三十日圓。

10. Please send this letter by air (sea) mail.

請把這封信以航空郵件（航海郵件）寄出。

11. Please send this letter by express (registered) mail.

請把這封信以快遞（掛號）寄出。

12. Is this the correct way of addressing?

姓名、地址這樣寫對嗎？

13. How long will it take to reach America?

要多久才能寄到美國？

14. It takes about one week.

大概一個星期。

15. It will take three days if it is sent by express mail.

如果是快遞只要三天。

16. I want to send this parcel to Canada.

我要寄這郵包到加拿大。

17. What is inside the parcel?

郵包裏是什麼東西？

18. A doll and a fountain pen.

洋娃娃和鋼筆。

19. Please fill in the customs declaration.

請填寫這張海關申報表格。

20. Please indicate the value of the contents.

請寫明郵包裏東西的價值。

21. Insatsubutsu-deshitara kaifū-ni shite-kudasai.

印刷物でしたら 開封にして ください

2) Denwa （電話）

22. Denwa-o kashite-kudasai.

電話を 貸して ください

23. Dōzogoenryo-naku otsukai-kudasai.

どうぞ ご遠慮なく お使いください

24. Sono denwa-wa tsukaemasen.

その 電話は 使えません

25. Ima koshōchū-desu.

今 故障中です

26. Kōshūdenwa-wa doko-ni arimasu-ka?

公衆電話は どこに ありますか

27. Ima kōshūdenwa kara kakete-imasu.

今 公衆電話から かけています

8. Moshi moshi, Tanaka-san-desu-ka?

もしもし 田中さん ですか

29. Hai, sō-desu. Donata-desu-ka?

はい、そうです どなたですか

30. Kochira-wa Shingapōru-no Lee-to-mōshimasu.

こちらは シンガポールの 李 と申します

31. Dare to o-hanashi-ni-naritai-no-desu-ka?

誰と お話に なりたいのですか

21. If it is printed matter, please leave it unsealed.

如果是印刷品，請不要封口。

2) Telephone （電話）

22. May I use your telephone?

我可以借用你的電話嗎？

23. Sure, go ahead.

請用。

24. That telephone cannot be used.

那個電話不能用。

25. It is out of order now.

現在電話發生故障。

26. Where is the public telephone?

公共電話在哪裏？

27. I am calling from the public telephone now.

我是用公共電話打來的。

28. Hello! Are you Mr. Tanaka?

喂，你是田中先生嗎？

29. Yes, I am. Who's speaking?

我就是，請問你是哪一位？

30. I am Mr. (Mrs., Miss) Lee from Singapore.

我姓李，從新加坡來的。

31. To whom do you wish to speak?

請問你要找哪一位。

32. Tanaka-san-o onegai-shimasu.

田中さんを　お願いします

33. Sonomama-de o-machi-kudasai.

そのままで　お待ち　ください

34. O-matase-itashi-mashita.　Kochira-wa Tanaka-desu.

お待たせ　いたしました。こちらは　田中です

35. Tadaima kakari-no-mono to kawari-masu.

ただいま　係りのものと　かわります

36. Tanaka-wa gaishitsu-(shucchō, kaigi) chū-desu.

田中は　外出（出張、会議）中です

37. Tanaka-wa chotto seki-o hazushite-orimasu.

田中は　ちょっと　席を　はずしております

38. Tanaka-wa kyūka-o totte-orimasu.

田中は　休暇を　取っております

39. Tanaka-wa ima tega-hanase-masen.

田中は　今　手が　はなせません

40. Tanaka-wa hoka-no denwa-de hanashichū-desu.

田中は　ほかの電話で　話し中です

41. Shujin-wa dekaketeorimasu.

主人は　出かけております

42. Itsu okaeri-ni-narimasu-ka?

いつ　お帰りに　なりますか

32. Mr. Tanaka please.

請叫田中先生。

33. Please hold on for a moment.

請你等一下。

34. Sorry for keeping you waiting. I am Mr. (Mrs., Miss) Tanaka.

對不起，讓你久等了，我是田中。

35. I shall connect you with the person in charge.

我將替你聯絡負責人。

36. Mr. Tanaka has gone out (is on a business trip, is attending a meeting).

田中先生出去了（出差去了、正在開會）。

37. Mr. Tanaka is not here at the moment.

田中先生現在不在。

38. Mr. Tanaka is on his annual leave.

田中先生正在休假。

39. Mr. Tanaka is tied up at the moment.

田中先生現在很忙。

40. Mr. Tanaka is engaged on another phone.

田中先生正在接另一個電話。

41. My husband has gone out.

我先生出去了。

42. When will he be coming back?

他什麼時候回來？

43. Rokuji-goro kaerimasu.

   6時頃　帰ります

44. Rokuji made kaerimasen.

   6時まで　帰りません

45. Ainiku ima rusu-desu.

   あいにく　今　留守です

46. Mōichido o-kake-itashimasu.

   もう一度　おかけ　いたします

47. Mōichido o-kake-kudasai.

   もう一度　おかけ　ください

48. Nanji-goro kaketara-ii-desu-ka?

   何時ごろ　かけたら　いいですか

49. Konya watashi-ni denwa-shite-kudasai.

   今夜　わたしに　電話して　ください

50. Nanika o-kotozuke (dengon)-ga arimasu-ka?

   何か　お言付け（伝言）が　ありますか

51. Watashi-ni denwa-suru-yōni o-tsutae-kudasai.

   わたしに　電話するように　お伝え　ください

52. Lee-kara denwa-ga atta to o-tsutae-kudasai.

   李から　電話があったと　お伝え　ください

53. Shujin-wa anata-no denwa-bangō-o shitte-imasu-ka?

   主人は　あなたの　電話番号を　知っていますか

54. Nen-no-tame denwa-bangō-o o-shiete-kudasai.

   念のため　電話番号を　おしえて　ください

43. He will be coming back at about 6 o'clock.

他六點左右回來。

44. He will not come back until 6 o'clock.

他六點以後才回來。

45. Unfortunately, he is not in now.

很不湊巧，他不在。

46. I will telephone again.

我會再打來。

47. Please ring up again.

請再打來。

48. About what time will it be convenient for me to phone again?

我大概幾點再打來比較方便？

49. Please ring me up tonight.

請在今晚打電話給我。

50. Is there any message?

有什麼吩咐嗎？

51. Please tell him to ring me up.

請叫他打電話給我。

52. Please tell him that Lee phoned.

請告訴他李××打電話給他了。

53. Does my husband know your telephone number?

我先生知道你的電話號碼嗎？

54. Just to make sure, please give me your telephone number.

以防萬一，請把你的電話號碼告訴我。

55. Ni-ichi-no nana-kyū-san-ichi-desu.

    21 の 7931です

56. Kaku-mono-o motte-kimasu.

    書くものを 持って来ます

57. Chōdo o-denwa-o shiyō to o-motte-imashita.

    ちょうど お電話を しようと 思っていました

58. O-denwa-o arigatō-gozaimashita.

    お電話を ありがとう ございました

59. Sumimasen, Bangō-o machigae-mashita.

    すみません、番号を 間違えました

60. Bangō-ga chigaimasu-yo.

    番号が ちがいますよ

3) Kokusai denwa （国際電話）

61. Koko-de kokusai-denwa-ga kakeraremasu-ka?

    ここで 国際電話が かけられますか

62. Kuararunpūru-e chōkyori denwa-o onegai-shimasu.

    クアラルンプールへ 長距離電話を お願いします

63. Nanban-ni o-kake-ni-nari-masu-ka?

    何番に おかけに なりますか

64. O-namae-o osshatte-kudasai.

    お名前を おっしゃって ください

65. Senppō-no o-namae to denwabangō-o oshirase-kudasai.

    先方のお名前と 電話番号を お知らせ ください

55. It is 21-7931.

是 21-7931。

56. I'll bring something to write on.

我拿紙來寫。

57. I just wanted to ring you up.

我剛要打電話給你。

58. Thank you for calling me.

謝謝你打電話給我。

59. I am sorry, it's the wrong number.

對不起，打錯了。

60. You have got the wrong number.

你打錯了。

3) International telephone （國際電話）

61. Can I make an international call here?

我可以在這裏打國際電話嗎？

62. I would like to make a trunk call to Kuala Lumpur.

我要打一個長途電話到吉隆坡。

63. What number do you want to call?

你要打的號碼是…？

64. Please give me your name.

請說你的姓名。

65. Please let me have the name and the telephone number.

請告訴我對方的姓名和電話號碼。

66. Denwa-o kitte oyobisuru-made omachi-kudasai.

電話を切って　お呼びするまで　お待ちください

67. Ittsū-wa o-ikura-desu-ka?

一通話　おいくらですか

68. Korekuto-kōru(aite barai)-de onegai-shimasu.

コレクト・コール（相手払い）で　お願いします

69. Sutēshonaru kōrū-de onegai-shimasu.

ステーショナル・コール　で　お願いします

70. Pāsonaru kōru (shimei)-de onegai-shimasu.

パーソナル・コール（指名）で　お願いします

71. Shikyū-de yobidashite-kudasai.

至急で　呼び出して　ください

72. Dore kurai jikan-ga kakari-masu-ka?

どれくらい　時間が　かかりますか

73. Sakki mōshikomimashita-ga kyanseru-shite-kudasai.

さっき　申し込みましたが　キャンセル　して　ください

74. Senppō-wa ode-ni-narimasen.

先方は　お出に　なりません

75. Eigo-no hanaseru-hito-o dashite-kudasai.

英語の　話せる人を　出して　ください

76. O-tsunagi-itashimasu. O-hanashi-kudasai.

おつなぎ　いたします、お話し　ください

66. Please put down the phone and I will call you back.

    請放下電話，等會我再打給你。

67. What is the charge for a three-minute call?

    三分鐘的電話費多少錢？

68. I want to make a collect call.

    我要打一個"對方付錢"的電話。

69. I want to make a station-to-station call.

    我要打"叫號電話"。

70. I want to make a person-to-person call.

    我要打指名電話。

71. Please call him on an urgent basis.

    請替我接通這個緊急電話。

72. How long will it take?

    要等多久？

73. I have booked a call just now, please cancel it.

    請取消我剛才預定的電話。

74. There is no reply from the other side.

    對方沒有人接。

75. Please call someone who can speak English.

    請叫一個會講英語的人。

76. I am putting you through. Please speak up.

    我把你的電話接通了，請講話。

4) Denpō （電報）

77. Denpōkyoku-wa doko-desu-ka?

電報局は　どこですか

78. Ima denpō-o uketsuketeimasu-ka?

今　電報を　受けつけていますか

79. Pekin-e denpō-o uchitain-desu.

北京へ　電報を　打ちたいんです

80. Doko-e ikeba-ii-desu-ka?

どこへ　行けば　いいですか

81. Denpō yōshi-o kudasai.

電報用紙を　ください

82. Kochira-ni denbun-o kaite-kudasai.

こちらに　電文を　書いて　ください

83. Kono denpō-o onegai-shimasu.

この　電報を　お願いします

84. "Shikyū"-de onegai-shimasu.

「至急」で　お願いします

85. Denpō ryōkin-wa o-ikura-desu-ka?

電報料金は　おいくらですか

86. Kore-wa gosū-ni-kazoe-rare-masu-ka?

これは　語数に　数えられますか

87. Ichiji o-ikura-desu-ka?

一字　おいくら　ですか

4) Telegram （電報）

77. Where is the telegram office?

電報局在哪裏？

78. Can you accept a telegram now?

是你接發電報嗎？

79. I want to send a telegram to **Peking**.

我要往香港發電報。

80. Where should I go?

到哪個櫃台？

81. Please give me a telegram application form.

請給我一份電報表格。

82. Please write down the telegraphic message here.

請在這裏寫下電文。

83. Please send this telegram.

請發這份電報。

84. Please send an urgent telegram.

請發緊急電報。

85. What is the cost of this telegram?

這份電報的費用是多少？

86. Is this calculated by the number of words?

這個也包括在字數裏嗎？

87. How much is it for one word?

一個字多少錢？

88. Honkon made-wa ichigo hyaku-en-desu.

ホンコンまでは 一語 100円です

89. Kore-de ii-desu-ka?

これで いいですか

90. Hai, kekkō-desu.

はい 結構です

91. Honkon-ni itsu tsuki-masu-ka?

ホンコンに いつ 着きますか

92. Kyō-no yoru (asa) jūji-goro-desu.

今日の夜（朝） 10時ごろです

93. Nijikan-go-ni tsuki-masu.

2時間後に 着きます

88. To Hong Kong, one word is one hundred yen.

發到香港，每個字一百日圓。

89. Is this all right?

這樣可以嗎？

90. Yes, it's fine.

可以。

91. When will it get to Hong Kong?

什麼時候到香港？

92. Around 10 o'clock this evening (this morning).

大約今天晚上（早上）十點。

93. It will arrive in two hours' time.

兩個鐘頭以後到達。

■ Yōgo (Vocabulary) 用語

通信	tsūshin	信	correspondence
郵便	yūbin	郵件	mail
郵便局	yūbinkyoku	郵局	post office
切手	kitte	郵票	stamp
航空便	kōkūbin	航空信	airmail
記念切手	kinen kitte	紀念郵票	commemorative stamp
船便	funabin	航海郵件	sea mail
速達	sokutatsu	快遞	express delivery post
書留	kakitome	掛號	registered post
人形	ningyō	洋娃娃	doll
申告書	shinkokusho	海關申告表	declaration form
受取人	uketorinin	收件人	recipient, addressee
中味	nakami	裏面的東西	content
印刷物	insatsubutsu	印刷品	printed matter
電話	denwa	電話	telephone
故障中	koshōchū	發生故障	out of order
外出	gaishitsu	出外	gone out
出張	shucchō	出差	on a business trip
不在	fuzai	不在	not in
会議	kaigi	會議	meeting
話し中	hanashichū	談話中	engaged on another phone
一通話	ittsūwa	三分鐘電話	three minute call
コレクト・コール	korekuto・kōru	收費電話	collect call
ステーショナル・コール	sutēshonaru・kōru	叫號電話	station call
パーソナル・コール	pāsonaru・kōru	指名電話	personal call
至急電話	shikyū denwa	緊急電話	urgent call
電報	denpō	電報	telegram

電報局	denpōkyoku	電報局	telegram office
国際電報	kokusaidenpō	國際電報	international telegram
語数	gosū	字數	number of words
はがき	hagaki	明信片	post card
手紙	tegami	信	letter
封筒	fūtō	信封	envelope
便せん	binsen	信紙	writing pad
航空書簡	kōkūshokan (ea·retā)	航空郵簡	aerogramme
郵便番号	yūbinbangō	郵遞區號	postal code
受信人	jushin'nin (uketorinin)	收信人	addressee
発信人	hasshin'nin	寄信人	sender
中央郵便局	chūōyūbinkyoku	中央郵局	central post office
ポスト	posuto	郵筒	post
郵便為替	yūbingawase	郵政滙票	postal order
普通便	futsūbin	普通信件	ordinary mail
郵便料金	yūbinryōkin	郵費	postage
小包	kozutsumi	包裹	parcel
小型包装物	kogata hōsōbutsu	小郵包	package
価格表示	kakaku hyōji	價格表示	value declared
開封郵便	kaifūyūbin	封口信件	unsealed mail
電話料	denwaryō	電話費	telephone charge
内線	naisen	支線，內線	extension line
外線	gaisen	外線	outside line
交換手	kōkanshu	電話接線生	operator (telephone)
普通	futsū	普通	ordinary
料金	ryōkin	費用	charge
受付時刻	uketsuke jikóku	接收時間	receiving time
至急電報	shikyūdenpō	緊急電報	urgent telegram
テレックス	terekkusu	用戶電報	telex

Lesson 8	NORIMONO (TRANSPORTATION) 乗物（交通）

1) Takushii （タクシー）

1. Takushii-ni noritai-n-desu-ga.

   タクシーに 乗りたいん ですが

2. Takushii-wa doko-de nore-masu-ka?

   タクシーは どこで 乗れますか

3. Takushii-noriba-wa doko-desu-ka?

   タクシー乗り場は どこですか

4. Asoko-no yūbinkyoku-no mae-desu.

   あそこの 郵便局の前です

5. Takushii-o oyobi-shimashō-ka?

   タクシーを お呼び しましょうか

6. Takushii-o yonde-kudasai.

   タクシーを 呼んで ください

7. Hachiji-ni kuruma-o yokoshite-kudasai.

   8時に 車を よこして ください

8. Kuruma-o sugu-ni onegai-shimasu.

   車を すぐに お願いします

1) Taxi （計程車）

1. I want to get a taxi.

   我要坐計程車。

2. Where can I get a taxi?

   在哪裏可以搭到計程車？

3. Where is the taxi stand?

   計程車招呼站在什麼地方？

4. It is in front of the post office over there.

   在那邊郵局的前面。

5. Shall I call a taxi?

   我替你叫一部計程車好嗎？

6. Please call a taxi.

   請你替我叫一部計程車。

7. Please send a car at eight o'clock.

   請在八點派一部車來。

8. Please call a car immediately.

   請馬上叫一部車。

9. Nannin norare-masu-ka?

何人　乗られますか

10. Yonin nori-masu.

四人　乗ります

11. Dochira-made-desu-ka?

どちらまで　ですか

12. Koko made itte-kudasai.

ここまで　行って　ください

13. Isetan made itte-kudasai.

伊勢丹まで　行って　ください

14. Isetan made ikura-desu-ka?

伊勢丹まで　いくらですか

15. Isetan made nanpun gurai kakari-masu-ka?

伊勢丹まで　何分ぐらい　かかりますか

16. Koko-wa ippō-tsūkō-desu.

ここは　一方通行　です

17. Massugu itte-kudasai.

真直ぐ　行って　ください

18. Tsugi-no kado-o hidari-(migi) e magatte-kudasai.

次の　角を　左（右）へ　曲って　ください

19. Mukōgawa made itte-kudasai.

向う　側まで　行って　ください

20. Kōsaten-o tōrikoshite-tomatte-kudasai.

交差点を　通り越して　止まって　ください

9. How many passengers are going?

有幾個乘客呢？

10. There are four people.

有四位（人）。

11. Where are you going?

你們要去哪裏？

12. Please go to this place.

請到這個地方。

13. Please go to Isetan.

請到伊勢丹。

14. How much is it to go to Isetan?

到伊勢丹要多少錢？

15. About how many minutes will it take to go to Isetan?

到伊勢丹要多少分鐘？

16. This is one-way traffic.

這是單程路。

17. Please go straight.

請一直走。

18. Please turn left (right) at the next corner.

請在下一個拐角處向左（右）轉彎。

19. Please cross to the other side.

請過對面去。

20. Please stop after passing the crossroad.

過了十字路口請停車。

21. Koko-de tomete-kudasai.

ここで　止めて　ください

22. Shingō-no temae-de tomete-kudasai.

信号の　手前で　止めて　ください

23. Mōsukoshi saki-desu.

もう少し　先です

24. Sukoshi isoide-kudasai.

少し　急いで　ください

25. Shinya ryōkin-ga arimasu-ka?

深夜料金が　ありますか

26. O-tsuri-wa iri-masen.

おつりは　いりません

2) Kisha （汽車）

27. Shinkansen-wa Tōkyō to Hakata-no-aida-o hashitte-imasu.

新幹線は　東京と博多の　間を　走っています

28. Shinkansen-ni "Hikari" to "Kodama"-ga arimasu.

新幹線に　「ひかり」　と　「こだま」が　あります

29. "Hikari"-wa omona-eki-ni shika tomari-masen.

「ひかり」は　主な駅にしか　とまりません

21. Please stop here.

請停在這兒。

22. Please stop before the traffic light.

請在紅綠燈前停車。

23. Go ahead a bit more.

再往前一點兒。

24. Please hurry a little.

請你開快一點。

25. Do you have a midnight charge?

午夜行車需另加錢嗎？

26. Keep the change.

零錢不用找了。

2) Train （火車）

27. The Shinkansen (bullet train) runs between Tokyo and Hakata.

新幹線行於東京與博多之間。

28. There are two kinds of Shinkansen, "Hikari" and "Kodama".

新幹線有" 希伽利（光號）"和" 柯達烏（回音號）"兩種。

29. "Hikari" only stops at the main stations.

" 希伽利"只在大站停車。

30. Tōkyō-eki-kara shinōsakaeki-made "Hikari" dewa sanjikan jip-pun kakari-masu.

東京駅から　新大阪駅まで　「ひかり」では　3時間10分かかります

31. Eki-wa doko-desu-ka?

駅は　どこですか

32. Dochira made-desu-ka?

どちらまで　ですか

33. Hakone made ressha-de ike-masu-ka?

箱根まで　列車で　行けますか

34. Dorekurai mateba ressha-ga kimasu-ka?

どれくらい　待てば　列車が　来ますか

35. Gofun gurai-da to-omoi-masu.

5分ぐらい　だ　と　思います

36. Tsugi-no ressha-wa nanji-desu-ka?

次の　列車は　何時ですか

37. Ichijikan oki-ni arimasu.

一時間　おきに　あります

38. Atami made katamichi (ōfuku)-kudasai.

熱海まで　片道（往復）　ください

39. Tsūyōkikan-wa nan′nichikan-desu-ka?

通用期間は　何日間ですか

40. Itsukakan-desu.

五日間　です

30. It takes 3 hours and ten minutes from Tokyo Station to Shin-Osaka Station by 'Hikari'.

從東京車站乘搭 " 希伽利 " ，到新大阪車站需要 3 小時 10 分鐘。

31. Where is the railway station?

火車站在哪裏？

32. Where would you like to go?

你要到什麼地方去？

33. Can I go to Hakone by train?

我可以乘火車到箱根嗎？

34. How long do I have to wait till the train comes?

再等多久火車才來呢？

35. I think it is about five minutes.

我想大約 3 分鐘。

36. What time will the next train be?

下一班火車是幾點？

37. It leaves every other hour.

每隔一個鐘頭一班。

38. Please give me a one-way ticket (return ticket) to Atami.

請給我一張到熱海的單程（雙程）票。

39. How many days is the validity of the ticket?

這張票的有效期是幾天？

40. It is valid for five days.

有效期是五天。

41. Kono kippu-de tochūgesha-ga dekimasu-ka?

　　この切符で　途中下車が　できますか

42. Kono kippu-wa kyanseru (harai modoshi) dekimasu-ka?

　　この切符は　キャンセル（払戻し）できますか

43. Kore-wa haraimodoshi dekimasen.

　　これは　払戻し　できません

44. Kore-wa kikan-ga kirete-imasu.

　　これは　期間が　切れています

45. Haraimodoshi-tesūryō toshite yonhyaku-en itadakimasu.

　　払戻し　手数料として　400円　いただきます

46. Shindaisha (shokudōsha)-ga arimasu-ka?

　　寝台車（食堂車）が　ありますか

47. Kono ressha-wa kyūkō-desu-ka?

　　この列車は　急行ですか

48. Kyūkōken-ga hitsuyō-desu.

　　急行券が　必要です

49. Tsugi-no eki-wa doko-desu-ka?

　　次の駅は　どこですか

50. Kōbe-wa ikutsume-desu-ka?

　　神戸は　幾つめ　ですか

51. Norikae-nakereba-ikemasen-ka?

　　乗り換え　なければ　いけませんか

52. Doko-de norikae-masu-ka?

　　どこで　乗り換え　ますか

41. Can I break the journey on this ticket?

   用這張票我可以在中途下車嗎？

42. Can I cancel this ticket?

   我可以退票嗎？

43. This ticket cannot be refunded.

   這張票不能退錢。

44. This has already expired.

   這張票已經過期了。

45. Please pay a cancellation fee of four hundred yen.

   請付四百日圓作爲手續費。

46. Do you have a sleeping (dining) car?

   你們有臥舖（餐）車嗎？

47. Is this train an express train?

   這班火車是快車嗎？

48. It is necessary to have an express ticket.

   你得買張快車票。

49. Where is the next station?

   下一站是什麼地方？

50. How many stations to Kobe?

   到神戶是第幾個站？

51. Must I change trains?

   我需要轉火車嗎？

52. Where can I change trains?

   在哪裏可以轉火車？

53. Kono ressha-wa Nagoya-e ikimasu-ka?

    この 列車は 名古屋へ 行きますか

54. Kono ressha-wa Nagoya-ni tomari-masu-ka?

    この 列車は 名古屋に とまりますか

55. Kono ressha-wa Nagoya-o tōri-masu-ka?

    この 列車は 名古屋を 通りますか

56. Hokkaidō-e-no setsuzoku-ga arimasu-ka?

    北海道への 接続が ありますか

57. Tōkyō yuki-no ressha-wa itsu demasu-ka?

    東京行きの 列車は いつ出ますか

58. Ōsaka hatsu-no ressha-wa itsu tsuki-masu-ka?

    大阪発の 列車は いつ着きますか

59. Tōkyō yuki-wa nanban-hōmu-desu-ka?

    東京行きは 何番ホーム ですか

60. Kono sūtsukēsu-o hakonde-kudasai.

    このスーツ・ケースを 運んで ください

61. Ressha-ga kimashita.

    列車が 来ました

62. Koko-wa aite-imasu-ka?

    ここは あいて いますか

63. Soko-wa fusagatte-imasu.

    そこは ふさがって います

64. Kono sharyō-wa zaseki shitei-ni natte-imasu.

    この車両は 座席指定に なっています

53. Is this train going to Nagoya?

這班火車是去名古屋的嗎?

54. Does this train stop at Nagoya?

這班火車在名古屋停靠嗎?

55. Does this train pass Nagoya?

這班火車經過名古屋嗎?

56. Is there a connecting train to Hokkaido?

有沒有到北海道的中轉車?

57. When does the Tokyo bound train depart?

到東京去的火車幾點開車?

58. When does the train from Osaka arrive?

從大阪來的火車幾點到達?

59. On which platform is the train going to Tokyo?

到東京去的火車在哪一個月台?

60. Please carry this suitcase.

請搬這只皮箱。

61. The train is coming.

火車來了。

62. Is this place vacant?

這個座位是空着的嗎?

63. That seat is occupied.

那個座位已經有人了。

64. This train has reserved seats.

這車廂是預約座位。

65. Tabako-o sutte-mo-ii-desu-ka?

たばこを　吸っても　いいですか

66. Kitsuen-shitsu-ga arimasu-ka?

喫煙室が　ありますか

67. Kono ressha-wa koko-de nanpun teisha-shimasu-ka?

この列車は　ここで　何分　停車しますか

68. Nifunkan teisha-shimasu.

2分間　停車します

69. Ima doko-o hashitte-imasu-ka?

今　どこを　走っていますか

70. Kono ressha-wa hakata made chokkō-shimasu.

この列車は　博多まで　直行します

71. Watashi-wa norikoshi-mashita.

わたしは　乗り越しました

72. Tsugi-no eki-de norikaete-kudasai.

次の駅で　乗り換えて　ください

73. Seisansho-wa doko-desu-ka?

精算所は　どこですか

74. Jōshaken-o haiken-itashi-masu.

乗車券を　拝見　いたします

75. O-wasure-mono-no naiyōni o-ori-kudasai.

お忘れものの　ないように　お降り　ください

65. May I smoke?

我可以抽烟嗎?

66. Is there a smoking room?

有吸烟室嗎?

67. For how many minutes will this train stop here?

這班火車在這裏停留幾分鐘?

68. It will stop for two minutes.

停兩分鐘。

69. Where is it going now?

現在到什麼地方了?

70. This train is going direct to Hakata.

這是直達博多的火車。

71. I have gone past my destination.

我坐過了站。

72. Please change trains at the next station.

請在下一站換車。

73. Where is the fare adjustment office?

補票處在哪裏?

74. Please show me your ticket.

請讓我看看你的車票。

75. Please don't forget your belongings when you get off.

下車時請不要忘記帶自己的東西。

3) Basu （バス）

76. Kono chikaku-de basu-ni nore-masu-ka?

この近くで　バスに　乗れますか

77. Kono basu-wa dokoyuki desu-ka?

このバスは　どこ行き　ですか

78. Kore-wa Kyōtoyuki desu.

これは　京都行き　です

79. Kyōto made nimai-kudasai.

京都まで　2枚　ください

80. Fukuoka-wa mada-desu-ka?

福岡は　まだですか

81. Kono basu-wa Fukuoka-e-wa ikimasen.

このバスは　福岡へは　行きません

82. Koko-de norikaete-kudasai.

ここで　乗り換えて　ください

83. Basu-wa koko-de jippunkan teisha-shimasu.

バスは　ここで　10分間　停車　します

84. Tsugi-no basu-wa nanji-desu-ka?

次のバスは　何時ですか

85. Basu-wa mamonaku hassha-itashimasu.

バスは　間もなく　発車　いたします

86. Tsugi-de oroshite-kudasai.

次で　降ろして　ください

3) Bus （公共汽車〔巴士〕）

76. Can I get a bus near here?

   我可以在這附近乘搭公共汽車（巴士）嗎？

77. Where is this bus going?

   這輛公共汽車（巴士）是到什麼地方去的？

78. This is going to Kyoto.

   這輛是到京都去的。

79. Two tickets to Kyoto please.

   請給我兩張到京都的車票。

80. Have we arrived in Fukuoka yet?

   還沒到達福岡嗎？

81. This bus does not go to Fukuoka.

   這輛公共汽車（巴士）不去福岡。

82. Please change buses here.

   請在這裏換車。

83. The bus will stop here for ten minutes.

   公共汽車（巴士）在這裏停留十分鐘。

84. When is the next bus?

   下一班車是幾點？

85. The bus will start soon.

   巴士快要開了。

86. Please let me get off at the next stop.

   請讓我在下一站下車。

4) Renta kā （レンタカー）

87. Kuruma-ga karitain-desu-ga.

    車が　借りたいんですが

88. Yasukute unten-shiyasui kuruma-o kashite-kudasai.

    安くて　運転しやすい　車を　貸して　ください

89. Don'na shashu-ga arimasu-ka?

    どんな　車種が　ありますか

90. Nan'nichi karirare-masu-ka?

    何日　貸りられ　ますか

91. Futsukakan karitain-desu.

    2日間　借りたいんです

92. Kono mōshikomi-yōshi-ni kinyū-shite-kudasai.

    この　申込み用紙に　記入して　ください

93. Nani-ni tsukaware-masu-ka?

    何に　使われますか

94. Kankō-ni tsukai-masu.

    観光に　使います

95. Shigoto-ni tsukai-masu.

    仕事に　使います

96. Koko-ni modotte-kimasu.

    ここに　戻って　来ます

97. Ryōkin-wa dōnatte-imasu-ka?

    料金は　どうなって　いますか

4) Rent-a-Car （租用汽車）

87. I want to rent a car.

我要租汽車。

88. Please rent me a car that is cheap and easy to drive.

請租給我一部既便宜又容易駕駛的汽車。

89. What type of cars do you have?

你有哪幾種汽車？

90. For how many days do you want to rent one?

你要租幾天？

91. I want to rent one for two days.

我要租兩天。

92. Please fill in this application form.

請填一下這份申請表。

93. What are you going to use it for?

你要用它做什麼？

94. I shall use it for sight-seeing.

觀光用。

95. I shall use it for business.

做生意用。

96. I shall return here.

我會回到這兒來。

97. What is the charge?

租金多少？

98. Ryōkin-hyō-o misete-kudasai.

料金表を　見せて　ください

99. Jikan-tani-de haraimasu.

時間単位で　払います

100. Hoken-o tsuke-masu-ka?

保険を　つけますか

101. Hoken-ryō-wa ikura-desu-ka?

保険料は　いくらですか

102. Jiko-no ba'ai-wa dōshimasu-ka?

事故の　場合は　どうしますか

103. Kono kaisha-ni renrakushite-kudasai.

この会社に　連絡して　ください

104. Kono kuruma-o tenken-shite-kudasai.

この車を　点検して　ください

105. Taiya-ga panku-shimashita. Naoshite-kudasai.

タイヤが　パンクしました　直して　ください

106. Enjin-ga kakari-masen.

エンジンが　かかりません

107. Kono kuruma-wa koshō-shite-imasu.

この車は　故障しています

108. Syūri-kōjō-wa arimasen-ka?

修理工場は　ありませんか

109. Batterii-o jūden-shite-kudasai.

バッテリーを　充電して　ください

98. Please show me the price list.

請讓我看看價格表。

99. I shall pay by time.

我將按計時方式付款。

100. Do you want to be insured?

你要買保險嗎？

101. How much is the insurance fee?

保險費多少？

102. In case of an accident, how can I contact you?

萬一有意外，我怎樣跟你聯絡？

103. Please contact this company.

請跟這間公司聯絡。

104. Please inspect this car.

請檢查這部車。

105. The tyre is punctured. Please repair it.

車胎爆了，請修補。

106. The engine will not start.

引擎不能發動。

107. This car has broken down.

這部車壞了。

108. Do you have a workshop?

你們有汽車修理廠嗎？

109. Please charge the battery.

請給電池充電。

110. Burē ki-o shirabete-kudasai.

ブレーキを 調べて ください

111. Gasorin-o irete-kudasai.

ガソリンを 入れて ください

112. Kuruma-o hoteru-ni mawashite-kudasai.

車を ホテルに 回して ください

5) Fune （船）

113. Kono fune-wa itsu shuppan (shukkō)-shimasu-ka?

この 船は いつ出帆（出航） しますか

114. Kono fune-wa asatte shuppan-shimasu.

この 船は あさって 出帆します

115. Kono fune-wa doko-e ikimasu-ka?

この 船は どこへ 行きますか

116. Kono fune-wa Yokohama-e ikimasu.

この 船は 横浜へ 行きます

117. Honkonyuki-no fune-wa dono sanbashi-desu-ka?

ホンコン行きの 船は どの 桟橋ですか

118. Kono fune-wa Kōbe-ni kikō-shimasu-ka?

この 船は 神戸に 寄港しますか

119. Kono fune-wa gogo sanji-ni Yokohama-ni tsuku yotei-desu.

この 船は 午後3時に 横浜に 着く予定です

120. Kono fune-ni isha-ga notte-imasu-ka?

この 船に 医者が 乗っていますか

110. Please adjust the brakes.

請調整制動器。

111. Please put some petrol in.

請注入汽油。

112. Please send the car to the hotel.

請把車開到旅館。

5) Ship （船）

113. When will this ship sail?

這船什麼時候啓航？

114. This ship will sail the day after tomorrow.

後天啓航。

115. Where is this ship going to?

這船開往什麼地方？

116. This ship is going to Yokohama.

這船開往橫濱。

117. At which pier is the ship going to Hong Kong?

去香港的船停靠在哪個碼頭？

118. Will this ship call at Kobe?

這船在神戶停泊嗎？

119. This ship is expected to reach Yokohama at 3 p.m.

這船預定在下午三點抵達橫濱。

120. Is there a doctor on board this ship?

這船上有醫生嗎？

121. Jōsen-jikan-wa nanji-desu-ka?

乗船時間は 何時 ですか

122. Kankōsen-ga arimasu-ka?

観光船が ありますか

123. Suichūyokusen-ga arimasu.

水中翼船が あります

124. Kono fune-wa sanzen-ton kyū-desu.

この船は 3,000トン級 です

125. Nantoyū fune-de korare mashita-ka?

何という 船で こられましたか

126. Erizabesu gō-de kimashita.

エリザベス号で 来ました

121. What is the boarding time?

什麼時候上船？

122. Is there a sight-seeing ship?

有遊覽船嗎？

123. There is a hydrofoil.

有水翼船。

124. This is a 3,000 ton ship.

這艘船是三千噸級的。

125. By what ship did you come?

你是乘什麼船來的？

126. I came by the S.S. Queen Elizabeth.

我是坐伊莉莎白女皇號來的。

■ Yōgo (Vocabulary) 用語

真直ぐ	massugu	直行	straight
左	hidari	左	left
右	migi	右	right
曲る	magaru	轉	turn
向う側	mukōgawa	對面	opposite side
信号	shingō	信號	signal
手前	temae	這邊	this side
交差点	kōsaten	十字路口	crossing (junction)
深夜料金	shinyaryōkin	午夜附加費	midnight charge
汽車	kisha	火車	train
片道	katamichi	單程	one-way
往復	ōfuku	來回	to and fro
通用期間	tsūyōkikan	有效期間	date of validity
切符	kippu	票	ticket
途中下車	tochūgesha	中途下車	break the journey
払戻し	haraimodoshi	退錢	refund
寝台車	shindaisha	臥舖車	sleeping car
食堂車	shokudōsha	餐車	dining car
急行	kyūkō	快車	express
急行券	kyūkōken	快車票	express ticket
接続	setsuzoku	轉接	connection
赤帽	akabō	車站搬運工人	porter
座席指定	zasekishitei	預定座位	reserved seat
直行	chokkō	直達	direct
乗り越し	norikoshi	坐過了站	go beyond
精算所	seisansho	補票辦事處	fare adjustment office
乗車券	jōshaken	車票	(railway) ticket
待合室	machiaishitsu	候車室	waiting room
運賃	unchin	運費	fare
料金	ryōkin	收費	charge
割引	waribiki	折扣	discount
取消料	torikeshiryō	取消手續費	cancellation fee

入場券	nyūjōken	入場券	admission ticket
駅	eki	車站	station
駅長	ekichō	站長	station master
特急	tokkyū	特快車	special express
夜行列車	yakōressha	夜車	a night train
運転手	untenshu	司機	driver
車掌	shashō	剪票員	conductor
プラット・ホーム	puratto・hōmu	月台	platform
上（下）段寝台	jō(ge)danshindai	上（下）層臥舖	upper (lower) berth
喫煙車	kitsuensha	吸烟車	smoking car
手荷物一時預り所	tenimotsu ichiji azukarisho	行李寄放處	temporary baggage deposit office
周遊乗車券	shūyū jōskaken	遊覽車票	an excursion ticket
衝突	shōtotsu	相撞	collision
脱線	dassen	出軌	derail
停電	teiden	停電	power failure
不通	futsū	不能通行	suspension, interruption
開通	kaitsū	恢復通車（開始通車）	open to traffic
鉄道	tetsudō	鐵路	railway
バス	basu	公共汽車	bus
バス・ターミナル	basu・tāminaru	終點站	bus terminal
長距離バス	chōkyori basu	長途公共汽車	long distance bus
リムジンバス	rimujin basu	機場巴士	limousine bus
停留所	teiryūsho	公共汽車站	bus stop
駐車場	chūshajō	停車場	a parking zone
回数券	kaisūken	月票	a coupon ticket
ハイヤー・カー	haiyā・kā	出租汽車	rental car
車種	shashu	車的種類	type of car
申請	shinsei	申請	apply
必要事項	hitsuyōjikō	必要事項	necessary particulars
走行距離	sōkōkyori	哩程	mileage

保険	hoken	保險	insurance
保険金	hokenkin	保險費	insurance fees
故障	koshō	障碍，毛病	breakdown, out of order
修理工場	shūri kōjō	修理工場	workshop
充電する	jūdensuru	（電池）充電	to charge a battery
ガソリン・スタンド	gasorin・sutando	加油站	petrol station, gasoline stand
ハイヤー	haiyā	出租（車）	hire car
高速道路	kōsokudōro	高速公路	highway
保証金	hoshōkin	保證金	deposit
船	fune	船	ship
出帆	shuppan	航行，啓航	set sail
桟橋	sanbashi	碼頭	pier
寄港	kikō	停靠港	to call at port
乗船	jōsen	上船	embarkation
停泊中	teihakuchū	停泊	to anchor
水中翼船	suichūyokusen	水翼船	hydrofoil ship
改札口	kaisatsuguchi	剪票口	ticket-gate
交通信号	kōtsūshingō	交通信號	traffic signal
道路標識	dōrohyōshiki	路標	road sign
交番	kōban	派出所	police box
交通	kōtsū	交通	traffic
事故	jiko	意外	accident
出発	shuppatsu	出發	leave (depart)
着く	tsuku	到達	arrive
満員	manin	客滿	fully booked
客船	kyakusen	客船	a passenger ship
貨物船	kamotsusen	貨船	cargo ship
港	minato	港	port
寄港地	kikōchi	停泊港	a port of call
船会社	funagaisha	船務公司	shipping company
船長	senchō	船長	captain
船員	senin	船員	crew
船室	senshitsu	船室，客艙	cabin
浴室	yokushitsu	浴室	bathroom

医務室	imushitsu	醫務室	medical treatment room
社交室	shakōshitsu	休息室	common room
救命ボート	kyūmei bōto	救生艇	a life boat
浮袋	ukibukuro	救生帶	a life belt
出帆時刻	shuppan jikoku	航行時間	sailing time

Lesson 9	MICHI O TAZUNERU (ASKING THE WAY) 道をたずねる (問路)

1. Eki-e iku michi-o oshiete-kudasai.

   駅へ 行く道を 教えて ください

2. Ginza-dai-ichi-hoteru-wa doko-desu-ka?

   銀座第一ホテルは どこですか

3. Kono chikaku-ni ryokōsha-ga arimasu-ka?

   この近くに 旅行社が ありますか

4. Ano tatemono-wa nan-desu-ka?

   あの建物は 何ですか

5. Daimaru-wa koko kara chikai-desu-ka?

   大丸は ここから 近いですか

6. Amari tōku-arimasen.

   あまり 遠く ありません

7. Watashi-wa michi-ni mayotte-shimaimashita.

   わたしは 道に 迷って しまいました

8. Kono tōri-wa nanto-ii-masu-ka?

   この通りは 何といいますか

9. Chizu-o kaite-kudasai.

   地図を 書いて ください

1. Please tell me the way to the station.

   請告訴我到車站去的路怎麼走。

2. Where is the Ginza Daiichi Hotel?

   "銀座第一飯店" 在什麼地方？

3. Is there a travel bureau near by?

   這附近有旅社嗎？

4. What is that building?

   那是什麼大樓？

5. Is Daimaru near here?

   "大丸" 百貨公司離這裡近嗎？

6. It is not far.

   離這兒不遠。

7. I have lost my way.

   我迷路了。

8. What is the road called?

   這條路叫什麼？

9. Please draw me a map.

   請給我畫張地圖。

10. Kita (higashi. nishi. minami)-wa dochira-desu-ka?

北（東・西・南）は　どちらですか

11. Dono kado-o magari-masu-ka?

どの　角を　曲がりますか

12. Migi (hidari)-e magatte-kudasai.

右（左）へ　曲がって　ください

13. Kono michi-o massugu irasshate-kudasai.

この道を　真直ぐ　いらっしゃって　ください

14. Tochū-ni mejirushi-ga arimasu-ka?

途中に　目印が　ありますか

15. Kore-ga ichiban chikamichi-desu.

これが　一番　近道です

16. Tōrinuke-rare-masu-ka?

通り抜け　られますか

17. Aruite-ike-masu-ka?

歩いて　行けますか

18. Aruite donokurai kakari-masu-ka?

歩いて　どのくらい　かかりますか

19. Aruite nijippun kakari-masu.

歩いて　20分　かかります

20. Basu-de ike-masu-ka?

バスで　行けますか

21. Takushii-de ikura kakarimasu-ka?

タクシーで　いくら　かかりますか

10. Which direction is north (east, west, south)?

哪一個方向是北（東、西、南）？

11. Which corner should I turn?

我該在哪一個拐角轉彎？

12. Please turn right (left).

請向右轉（左）。

13. Please go straight on this road.

請一直向前走。

14. Is there any sign on the way?

路上有什麼標誌嗎？

15. This is the shortest way.

這是最近的路。

16. Can I pass through?

我能穿過去嗎？

17. Can I go there on foot?

步行能到那兒嗎？

18. How long will it take to walk there?

步行到那兒要花多少時間？

19. It takes twenty minutes to walk.

步行要花二十分鐘。

20. Can I go by bus?

我能乘公共汽車（巴士）去嗎？

21. How much is the fare by taxi?

乘計程車得多少錢？

22. Takushii-de yaku senyonhyakuen-desu.

タクシーで　約　1,400円　です

■ Yōgo (Vocabulary) 用語

道	michi	路	road
建物	tatemono	建築物	building
遠い	tōi	遠	far
道に迷う	michi ni mayou	迷路	to lose the way
地図	chizu	地圖	map
通り抜ける	tōrinukeru	穿過	go through, cut across
右側	migigawa	右邊	right side
左側	hidarigawa	左邊	left side
右側通行	migigawa tsūkō (usoku tsūkō)	靠右邊	traffic keeping to the right
左側通行	hidarigawa tsūkō (sasoku tsūkō)	靠左邊	traffic keeping to the left
中央	chūō	中央	central
ストリート	sutoriito	街道	street
アベニュー	abenyū	林蔭道	avenue
道路	dōro	道路	road
歩道	hodō	人行道	footway
車道	shadō	車道	roadway
真直ぐ	massugu	直走	go straight
曲る	magaru	轉彎	turn
右折する	usetsu suru	轉右	turn right
左折する	sasetsu suru	轉左	turn left
向う側	mukōgawa	對面	opposite side
つぎ	tsugi	下一站	next

22. It costs one thousand four hundred yen by taxi.

乘計程車要一千四百日圓。

東	higashi	東	east
西	nishi	西	west
南	minami	南	south
北	kita	北	north
前	mae	前	front
後	ushiro	後	back
横	yoko	側面，旁邊	the side
横断歩道	ōdan hodō	行人穿越道	pedestrian crossing
巡査	junsa	警察	policeman
広場	hiroba	廣場	an open space
公園	kōen	公園	garden
図書館	toshokan	圖書館	library
教会	kyōkai	教堂	church
寺院	ji'in	廟	temple
時計台	tokeidai	時鐘樓	clock tower
塔	tō	塔	tower
市場	ichiba	市場	market

Lesson 10	BYŌKI (SICKNESS) 病気（疾病）

1. **Dōnasai-mashita-ka?**

   どう　なさい　ましたか

2. **Kibun-ga warui-n-desu.**

   気分が　悪いんです

3. **Atama-ga itai-n-desu.**

   頭が　痛いんです

4. **Onaka-ga itai-n-desu.**

   おなかが　痛いんです

5. **Tabesugi-mashita.**

   食べ過ぎ　ました

6. **O-sake-o nomisugi-mashita.**

   お酒を　飲み過ぎ　ました

7. **Geri-o shimashita.**

   下痢を　しました

8. **Geri dome-o-kudasai.**

   下痢止めを　ください

9. **Hakike-ga shimasu.**

   吐気が　します

1. What's wrong with you?

   你怎麼啦？

2. I am not feeling well.

   我覺得很不舒服。

3. I have a headache.

   我頭痛。

4. I have a stomach ache.

   我肚子痛。

5. I have overeaten.

   我吃得太多了。

6. I have had too much "Sake".

   酒喝得太多了。

7. I have diarrhoea.

   我瀉（拉）肚子。

8. Please prescribe some medicine to stop my diarrhoea.

   請給我一些止瀉藥。

9. I feel like vomiting.

   我想吐。

10. Haki-mashita.

吐き ました

11. Shoku-atari (shokuchūdoku)-da to-omoimasu.

食あたり（食中毒）だ と 思います

12. Ha ga itai-desu.

歯が 痛いです

13. Haisha-o shōkai-shite-kudasai.

歯医者を 紹介して ください

14. Kaze-o hiki-mashita.

風邪を ひきました

15. Kaze-gusuri-o-kudasai.

風邪薬を ください

16. Nodo-ga itai-desu.

のどが 痛いです

17. Seki-ga demasu.

咳が 出ます

18. Seki dome-o-kudasai.

咳止めを ください

19. Netsu-ga arimasu.

熱が あります

20. Netsu-wa nando arimasu-ka?

熱は 何度 ありますか

21. Sanjūshichi do arimasu.

37度 あります

10. I have vomited.

我吐了。

11. I think I have food poisoning.

我想我是食物中毒。

12. I have toothache.

我牙痛。

13. Please recommend a dentist.

請介紹一位牙醫。

14. I have caught a cold.

我感冒了。

15. Please give me some medicine for my cold.

請給我些感冒藥。

16. I have a sore throat.

我喉嚨痛。

17. I have a cough.

我咳嗽。

18. Please give me some medicine to stop my coughing.

請給我些止咳藥。

19. I have a fever.

我發燒。

20. What is your temperature?

你的體溫多少度？

21. It's 37°

三十七度。

22. Samuke-ga shimasu.

寒気が します

23. Kega-o shimashita.

けがを しました

24. Ashi-o kujikimashita.

足を くじきました

25. Yakedo-o shimashita.

やけどを しました

26. Fune-ni yoimashita.

船に 酔いました

27. Memai-ga shimasu.

めまいが します

28. Isha-o yonde-kudasai.

医者を 呼んで ください

29. Byōin-ni tsurete-itte-kudasai.

病院に 連れて 行って ください

30. Ichiban chikai byōin-wa doko-desu-ka?

一番 近い病院は どこですか

31. Yoyaku-ga arimasu-ka?

予約が ありますか

32. Yoyaku-o shitai-n-desu-ga.

予約を したいんですが

33. Nippongo-ga wakari-masu-ka?

日本語が わかりますか

22. I am feeling cold.

我有點發冷。

23. I am injured.

我受傷了。

24. I have sprained my leg.

我的脚扭傷了。

25. I have a burn.

我被燒傷了。

26. I am feeling sea-sick.

我暈船。

27. I feel giddy.

我覺得頭暈。

28. Please call a doctor.

請叫醫生來。

29. Please bring me to the hospital.

請送我到醫院去。

30. Where is the nearest hospital?

最近的醫院在哪裏？

31. Have you an appointment?

你掛號了嗎？

32. I want to make an appointment.

我要掛號。

33. Can you understand Japanese?

你懂日語嗎？

34. Shinsatsu-o shimasu.

診察を　します

35. Yoko-ni natte-kudasai.

横に　なって　ください

36. Doko-ga itai-desu-ka?

どこが　痛いですか

37. Itsu kara itai-desu-ka?

いつから　痛いですか

38. Kinō kara itai-desu.

きのうから　痛いです

39. Kyū-ni itaku-narimashita.

急に　痛く　なりました

40. Ima-wa daijōbu-desu.

今は　大丈夫です

41. Shokuyoku-ga arimasen.

食欲が　ありません

42. Yoru-wa nemure-masu-ka?

夜は　眠れますか

43. Amari yoku nemure-masen.

あまり　よく　眠れません

44. Suimin-busoku-desu.

睡眠　不足です

45. Sukoshi yoku-nari-mashita.

少し　よく　なりました

34. I will examine you.

我給你檢查一下。

35. Please lie down.

請躺下。

36. Where is the pain?

哪兒痛？

37. Since when did you feel the pain?

從什麼時候開始覺得痛？

38. I have felt the pain since yesterday.

從昨天開始就覺得痛。

39. The pain started suddenly.

痛是忽然間發作的。

40. It is all right now.

現在好了。

41. I have no appetite.

我胃口不好。

42. Can you sleep at night?

晚上睡得好嗎？

43. I can't sleep well.

我睡不好。

44. You have not had enough sleep.

你睡眠不足。

45. I feel better.

我覺得好一點了。

46. Sukkari yoku-nari-mashita.

すっかり よく なりました

47. Nan'nichi kurai-de zenkai-shimasu-ka?

何日 くらいで 全快しますか

48. Ryokō-o tsuzukete-mo-ii-desu-ka?

旅行を 続けても いいですか

49. Futsukakan ansei-ga hitsuyō-desu.

二日間 安静が 必要です

50. Nyūin shinakereba-narimasen.

入院しなければ なりません

51. Eiyō-ga tari masen.

栄養が 足りません

52. Chūsha-o shite-kudasai.

注射を して ください

53. Kusuriya-wa doko-ni arimasu-ka?

薬屋は どこに ありますか

54. Kono kusuri-wa nanjō nomimasu-ka?

この薬は 何錠 飲みますか

55. Kono kusuri-wa shokugo-ni nijō zutsu nonde-kudasai.

この薬は 食後に 2錠ずつ 飲んで ください

46. I have recovered completely.

我全好了。

47. How many days will it take for a complete cure?

要多少天才能痊癒呢？

48. May I carry on with my travelling?

我可以繼續旅行嗎？

49. You must rest for two days.

你應該休息兩天。

50. You must be warded in the hospital.

你應該住院。

51. You suffer from lack of nourishment.

你是營養不足。

52. Please give me an injection.

請替我打針。

53. Where is the pharmacy?

藥房在哪裏？

54. How many tablets must I take?

我應該吃幾片藥？

55. Please take two tablets after each meal.

請在每次飯後吃兩片藥。

■ Yōgo (Vocabulary) 用語

病気	byōki	生病	sickness
頭が痛い（頭痛）	atama ga itai (zutsū)	頭痛	headache
おなかが痛い（腹痛）	onaka ga itai (fukutsū)	肚子痛	stomachache
食べ過ぎる	tabesugiru	吃過多	to over-eat
飲み過ぎる	nomisugiru	喝太多	to drink too much
下痢	geri	瀉肚	diarrheoa
吐気	hakike	嘔吐	vomit
食あたり	shokuatari	食物中毒	food poisoning
歯が痛い（歯痛）	ha ga itai(shitsū)	牙痛	toothache
歯医者	haisha	牙醫	dentist
風邪	kaze	感冒	cold
風邪薬	kazegusuri	感冒藥	cold medicine
のどが痛い	nodo ga itai	喉嚨痛	sore throat
咳	seki	咳嗽	cough
熱	netsu	發燒	fever
寒気	samuke	發冷	cold
けが	kega	受傷	injury
くじく	kujiku	折傷，扭傷	sprain
やけど	yakedo	燒傷	burn
船に酔う	fune ni you	暈船	sea-sick
めまい	memai	頭暈	giddy
診察	shinsatsu	診察	medical examination
食欲	shokuyoku	食慾	appetite
睡眠不足	suiminbusoku	睡眠不足	lack of sleep
全快	zenkai	痊癒	complete recovery
安静	ansei	休息	rest
栄養	eiyō	營養	nourishment
注射	chūsha	注射	injection
薬屋	kusuriya	藥房	dispensary
食後	shokugo	飯後	after meals

医者（医師）	isha (ishi)	醫生	doctor
看護婦	kangofu	護士	nurse
病人（患者）	byōnin (kanjya)	病人	patient
内科医	naikai	內科醫生	physician
外科医	gekai	外科醫生	surgery
歯科医	shikai	牙科醫生	dentist
眼科医	gankai	眼科醫生	eye specialist
婦人科医	fujinkai	婦科醫生	gynaecologist
小児科医	shōnikai	兒科醫生	pediatrist
専門医	senmoni	專科醫生	specialist
病院	byōin	醫院	hospital
病室	byōshitsu	病房	sickroom, ward
診療所	shinryōsho	診療室	clinic
治療室	chiryōshitsu	治療室	treatment room
手術	shujutsu	手術	operation (surgery)
入院	nyūin	住院	hospitalization
退院	taiin	出院	discharge from hospital
ヨードチンキ	yōdochinki	碘酒	iodine tincture
軟膏	nankō	藥膏	ointment
アスピリン	asupirin	退燒藥（阿斯匹林）	aspirin
睡眠薬	suiminyaku	安眠藥	sleeping pill
鎮痛剤	chintsūzai	止痛藥	pain killer
目薬	megusuri	眼藥水	eye drop
胃腸薬	ichōyaku	消化藥	stomach medicine
湿布	shippu	敷布	compress
消毒	shōdoku	消毒	sterilization, disinfection
うがい薬	ugaigusuri	漱口藥水	medicine for gargling
抗生物質	kōseibusshitsu	抗生素	antibiotic
肺炎	haien	肺炎	pneumonia
盲腸炎	mōchōen	盲腸炎	appendicitis
神経痛	shinkeitsū	神經痛	neuralgia
コレラ	korera	霍亂病	cholera

腸チフス	chōchifusu	傷寒	typhoid
流感（インフルエンザ）	ryūkan (infuru-enza)	流行性感冒	influenza
胃痛	itsū	胃痛	gastric pain
息切れ	ikigire	氣喘	breathlessness
かゆみ	kayumi	癢	itchy
だるい	darui	疲倦	tired
鼻血がでる	hanaji ga deru	流鼻血	nose bleeding
便秘	benpi	便秘	constipation
傷	kizu	傷口	wound
骨折	kossetsu	挫傷、骨折	fracture
打撲	daboku	碰傷	bruise
化膿	kanō	化膿	suppuration
じんましん	jin'mashin	蕁麻疹	nettle rash
口内炎	kōnaien	口炎	cold sores
身体	shintai (karada)	身體	body
頭	atama	頭	head
首	kubi	頸	neck
喉（のど）	nodo	喉嚨	throat
顔	kao	臉	face
眼	me	眼	eye(s)
鼻	hana	鼻	nose
口	kuchi	嘴	mouth
耳	mimi	耳	ear(s)
肩	kata	肩	shoulder
背中	senaka	背	back
胸	mune	胸	chest
心臓	shinzō	心臟	heart
肝臓	kanzō	肝臟	liver
尻（しり）	shiri	臀部	hip
腹部	fukubu	腹部	abdomen
わき腹	wakibara	側腹	flank
へそ	heso	肚臍	navel
関節	kansetsu	關節	joint
骨	hone	骨	bone
筋肉	kin'niku	肌肉	muscle

皮膚	hifu	皮膚	skin
膝（ひざ）	hiza	膝	knee
くるぶし	kurubushi	踝	ankle
指	yubi	手指	finger
親指	oyayubi	拇指	thumb
人差指	hitosashiyubi	食指	forefinger
中指	nakayubi	中指	middle finger
薬指	kusuriyubi	無名指	ring finger
子指	koyubi	小指	small finger
足指	ashiyubi	脚趾	toes
ひじ	hiji	肘	elbow
手首	tekubi	手腕	wrist
手	te	手	hand
腕	ude	手臂	arm
胃	i	胃	stomach
腸	chō	腸	intestine
肺	hai	肺	lung

Lesson **11**	KOMATTA-TOKI (IN TIMES OF TROUBLE) 困った時（遇到困難的時候）

1. **Pasupōto-o nakushite-shimaimashita.**

   パスポートを　無くして　しまいました

2. **Shingapōru taishikan-ni renrakushite-kudasai.**

   シンガポール大使館に　連絡して　ください

3. **Keikan-o yonde-kudasai.**

   警官を　呼んで　ください

4. **Dōshimashita-ka?**

   どう　しましたか

5. **Saifu-ga nakunarimashita.**

   財布が　なくなり　ました

6. **Saifu-ni ikura haitte-imashita-ka?**

   財布に　いくら　入っていましたか

7. **Sen-doru haitte-imashita.**

   1,000ドル　入っていました

8. **Kamera-o hoteru-ni wasurete-shimaimashita.**

   カメラを　ホテルに　忘れて　しまいました

9. **Hoteru-ni modotte-kudassai.**

   ホテルに　もどって　ください

1. I have lost my passport.

我的護照遺失（不見）了。

2. Please contact the Singapore Embassy.

請與新加坡大使館聯絡。

3. Please call a policeman.

請叫警察。

4. What has happened?

發生了什麼事？

5. I have lost my purse.

我的錢包不見了。

6. How much did you have in the purse?

錢包裏有多少錢？

7. There were one thousand dollars in it.

裏面有一千美元。

8. I have left my camera in the hotel.

我的照相機遺忘在旅館了。

9. Please return to the hotel.

請回旅館去。

●176

10. **Otoshimono-no-kakari-wa doko-desu-ka?**

おとしものの係は　どこですか

11. **Kutsu-o shūri-suru-tokoro-o oshiete-kudasai.**

靴を　修理する　ところを　おしえて　ください

10. Where is the lost-and-found department?

失物招領處在哪裏？

11. Please tell me where I can get my shoes repaired?

請告訴我什麼地方可以修鞋？

■ Yōgo (Vocabulary)　用語

困った時	komattatoki	遇到困難的時侯	when in trouble
日本大使館	Nippon taishikan	日本大使館	Japanese Embassy
連絡する	renrakusuru	聯絡	contact
呼ぶ	yobu	叫	to call
盗まれる	nusumareru	被偷	to be stolen
忘れる	wasureru	忘記	to forget
遺失物係	ishitsubutsugakari	失物招領處	person-in-charge of lost property
靴	kutsu	鞋	shoes
修理	shūri	修理	repair
警察署	keisatsusho	警察局	police station
強盗	gōtō	強盗	robber
すり	suri	扒手	pickpocket
被害者	higaisha	被害者	victim
目撃者	mokugekisha	目擊者	eye witness
火事	kaji	火災	fire
救急車	kyūkyūsha	救護車	ambulance
交通事故	kōtsūjiko	車禍	traffic accident
（鉄道）不通	(tetsudō) futsū	暫停通行	suspension (of railway)
洪水	kōzui	火災	flood
応急手当	ōkyūteate	急救	first aid
非常ベル	hijō beru	警鈴	emergency alarm
紛失する	funshitsu suru	遺失	to lose
盗難	tōnan	搶劫	robbery

Lesson 12	BIYŌIN · RIHATSUTEN (BEAUTY PARLOUR AND BARBER SHOP) 美容院・理髪店(美容院・理髪店)

1. Konohen-ni biyōin-ga arimasu-ka?

   この辺に　美容院が　ありますか

2. Soko-wa jōzu-desu-ka?

   そこは　上手　ですか

3. Eigo-ga tsūji-masu-ka?

   英語が　通じますか

4. Syanpu-o onegai-shimasu.

   シャンプーを　お願い　します

5. Toriitomento itashimasu-ka?

   トリートメント　いたしますか

6. Hai, onegai-shimasu.

   はい、お願い　します

7. Katto dake onegai-shimasu.

   カットだけ　お願い　します

8. Dono kurai-no nagasa-ni kiri-mashō-ka?

   どのくらいの　長さに　切りましょうか

9. Mijikaku-shite-kudasai.

   短く　して　ください

1. Is there a beauty parlour around here?

   這附近有美容院嗎？

2. Are they good (skilful)?

   他們的手藝好嗎？

3. Can they understand English?

   他們懂英語嗎？

4. I would like to have a shampoo.

   我要洗頭。

5. Shall I apply a rinse (hair conditioner)?

   你要不要用潤髮露（油）？

6. Yes, please.

   好的，請用。

7. I would like to have a haircut only.

   我只要剪髮。

8. How would you like me to cut it?

   你要剪多長？

9. Please cut it short.

   請剪短一些。

10. Amari mijikaku-shinai-de-kudasai.

    あまり 短く しないで ください

11. Maegami (ushiro no ke) dake kitte-kudasai.

    前髪（後の毛） だけ 切って ください

12. Imayori sukoshi mijikaku-shite-kudasai.

    今より 少し 短くして ください

13. Edage-o teire-shite-kudasai.

    枝毛を 手入れして ください

14. Pāma-o o-kake-ni-narimasu-ka?

    パーマを おかけに なりますか

15. Karuku (kitsuku, chūkuraini)-kakete-kudasai.

    軽く（きつく・中くらいに）かけて ください

16. Donna heyā sutairu-ni-nasai-masu-ka?

    どんな ヘヤー・スタイルに なさいますか

17. O-makase-shimasu.

    おまかせ します

18. Kono kamigata-ni-shite-kudasai.

    この 髪型に して ください

19. Imamade to onaji-kata-ni-shite-kudasai.

    今までと 同じ型に して ください

20. Kami-o somete-kudasai.

    髪を 染めて ください

21. Bubun-zome-ni shite-kudasai.

    部分 染めに して ください

10. Please don't cut it too short.

請不要剪得太短。

11. Please cut the front (back) part only.

只要修剪劉海（後面）部分。

12. Please cut a little shorter than it is now.

請剪得比現在稍為短一些。

13. Please trim the split hair.

請把分叉的頭髮修剪。

14. Do you want to perm your hair?

你要燙髮嗎？

15. Please give me a light (strong, medium) permanent wave.

請燙小波紋（大波紋、中波紋）。

16. What type of hair style do you want?

你要燙什麼髮型？

17. I leave it to you.

隨您的便。

18. Please do it in this hair style.

請替我燙這種髮型。

19. Same style as before, please.

跟以前一樣的髮型。

20. I want to have my hair dyed, please.

我要染髮。

21. Please dye part of it.

請染一部分。

22. Manikyua-o shite-kudasai.

マニキュアを　して　ください

23. Burashi-o yoku kakete-kudasai.

ブラシを　よくかけて　ください

24. Doraiyā-ni o-hairi-kudasai.

ドライヤーに　お入り　ください

25. Atsuku-nari-mashitara o-shirase-kudasai.

熱く　なりましたら　お知らせ　ください

26. Heyā oiru (heyā tonikku) -o tsukete-kudasai.

ヘヤー・オイル(ヘヤー・トニック)をつけて　ください

27. Sakage-o tatete-kudasai.

逆毛を　立てて　ください

28. Sukoshi fukuramasete-kudasai.

少し　ふくらませて　ください

29. Uēbu-o dashite-kudasai.

ウェーブを　出して　ください

30. Konomama-de nadetsukete-kudasai.

このままで　なでつけて　ください

31. Hige-o sotte-kudasai. (Otoko).

ひげを　剃って　ください（男）

32. Atama to kao-no massāji-o shite-kudasai.

頭と　顔の　マッサージを　して　ください

22. I want to have a manicure.

我要修指甲。

23. Please give it a thorough brushing.

請用髮刷多梳幾次。

24. Please go under the hair drier.

請到吹風筒下吹乾。

25. Please let me know if it becomes hot.

如果太熱，請告訴我。

26. Please apply some hair oil (hair tonic).

請抹一點髮油（髮麗香水）。

27. Please back comb the hair.

請把我的頭髮梳蓬起來。

28. Please puff out the hair a little.

請給梳蓬一點兒。

29. Please make it wavy.

請梳波浪型。

30. Please comb my hair as it is.

就按原來的髮型幫我梳一下。

31. Please give me a shave.

請替我刮一下臉。

32. Please give me a scalp and face massage.

請替我按摩頭部及臉部。

■ Yōgo (Vocabulary) 用語

美容院	biyōin	美容院	beauty parlour
理髪店	rihatsuten	理髪店	barber shop
上手だ	jōzuda	熟練	skilful
通じる	tsūjiru	明白	to understand
前髪	maegami	前面的頭髪（劉海）	front hair
後の毛	ushiro no ke	後面的頭髪	back hair
枝毛	edage	分叉的頭髪	split hair
軽く	karuku	軟	soft
髪型	kamigata	髪型	hair style
染める	someru	染	to dye
逆毛	sakage	倒豎頭髪	to back comb the hair
散髪する	sanpatsusuru	剪髪	to cut hair
ひげ	hige	鬍子	moustache
剃る	soru	剃、刮	shave
パーマをかける	pāma o kakeru	燙頭髪，（燙髪）	to perm the hair
カット	katto	理髪，剪髪	hair cut
洗髪	senpatsu	洗頭	to shampoo
ふけ	fuke	頭皮	dandruff
染髪する	senpatsu suru	染髪	to dye the hair
セットする	settosuru	做頭髪，飾髪	to set the hair

Lesson 13

KIKOKU (RETURN HOME)
帰国（回國）

1. JAL-no uketsuke-wa kochira-desu-ka?

   ＪＡＬの受付は　こちら　ですか

2. Yoyaku-o kakunin-shitai-no-desu-ga.

   予約を　確認したい　のですが

3. Kono yoyaku-o kyanseru shite-kudasai.

   この予約を　キャンセル　して　ください

4. Eā・rain-wa doko-ni shimasu-ka?

   エア・ラインは　どこに　しますか

5. JAL-ni shite-kudasai.

   ＪＡＬに　して　ください

6. JAL nanahyakujūrokubin-ni henkō-shite-kudasai.

   ＪＡＬ716便に　変更して　ください

7. Honkon-e-no tsugi-no bin-wa nanjihatsu-desu-ka?

   ホンコンへの　次の便は　何時発　ですか

8. Dai ichibin-wa nanji-ni demasu-ka?

   第一便は　何時に　出ますか

1. Is this the enquiry desk for JAL?

   這裏是日航的接待處嗎？

2. I would like to confirm the reservation.

   我要確認一下我預定了的機票。

3. Please cancel this reservation.

   請取消這張預定的機票。

4. On which airline would you like to fly?

   你要預定哪家航空公司的機票？

5. I would like to go on JAL.

   請給我定日航的機票。

6. Please change to JAL716.

   請換爲 JAL 716 號班機。

7. What time is the next flight for Hong Kong?

   下一班飛往香港的班機幾點起飛？

8. What time is the first flight?

   第一班飛機幾點起飛？

9. JAL nanahyakujūnana-bin-no chekku in-wa nanji-kara-desu-ka?

ＪＡＬ717便のチェック・インは　何時から　ですか

10. Shuppatsu-jikoku-wa nanji-desu-ka?

出発時刻は　何時ですか

11. Kono hikōki-wa yoteidōri shuppatsu shimasu-ka?

この飛行機は　予定通り　出発しますか

12. Donokurai okuremasu-ka?

どのくらい　遅れますか

13. Hikōki-wa sanjippun okuremasu.

飛行機は　30分　遅れます

14. Honkonyuki JAL nanahyakujūhachibin-wa taifū-no tame kek-kōshimasu.

ホンコン行き　ＪＡＬ718便は　台風のため　欠航します

15. Konohikōki-wa Ōsaka-ni tomarimasu-ka?

この　飛行機は　大阪に　とまりますか

16. JAL nanahyakujūhachibin-wa Shingapōru-e chokkōitashimasu.

ＪＡＬ718便は　シンガポールへ　直行いたします

17. Shingapōru-e-no Chokkōbin-wa arimasen-ka?

シンガポールへの　直行便は　ありませんか

18. Honkon keiyu-de Shingapōru-e ikitai-n-desu-ga.

ホンコン　経由で　シンガポールへ　行きたいんですが

9. What time will the check-in be for flight JAL717?

JAL 717 號班機的旅客幾點辦理登機手續？

10. What is the departure time?

幾點鐘起飛（何時起飛）？

11. Will this flight leave on schedule?

這班機會按時起飛嗎？

12. How long will it be delayed?

要晚點多久時間？

13. The flight will be delayed for 30 minutes (half an hour).

它將延遲三十分鐘。

14. The flight to Hong Kong JAL718 will be cancelled because of the typhoon.

由於颱風，飛往香港的 JAL 718 號班機停航。

15. Will this flight stop at Osaka?

這趟班機在大阪停留嗎？

16. JAL flight 718 will fly direct to Singapore.

JAL 718 號班機將直飛新加坡。

17. Isn't there a direct flight to Singapore?

有直達新加坡的班機嗎？

18. I want to go to Singapore via Hong Kong.

我要經由香港到新加坡。

19. Shingapōru chaku‾(hatsu)-wa nanji-desu-ka?

シンガポール着（発）は　何時ですか

20. JAL-no kauntā-e kono nimotsu-o hakondekudasai.

ＪＡＬのカウンターへ　この荷物を　運んで　ください

21. Kono nimotsu-no chōkaryōkin-wa ikura-desu-ka?

この　荷物の　超過料金は　いくらですか

22. Nimotsu-wa koredake-desu-ka?

荷物は　これだけ　ですか

23. Tenimotsu-wa arimasen. Kono handobakku dakedesu.

手荷物は　ありません。この　ハンド・バック　だけです

24. Kore-wa kinai-ni mochikomimasu.

これは　機内に　持ち込みます

25. Azukarishō-wa kippu-ni tsuketearimasu.

預り証は　切符に　付けてあります

26. Tabako-o osui-ni-narimasu-ka?

たばこを　お吸いに　なりますか

27. Madogawa-ni seki-o totte-kudasai.

窓側に　席を　取って　ください

28. JAL nanahyakujūhachibin-no saishūan'nai-o mōshiagemasu.

ＪＡＬ718便の　最終案内を　申し上げます

19. What time will it arrive in (leave) Singapore?

它什麼時候抵達（離開）新加坡？

20. Please carry this luggage to the JAL counter.

請把這行李拿到日航的櫃台處。

21. How much is the charge for this excess luggage?

這件超重行李得付多少錢？

22. Is this the only luggage?

行李就這些嗎？

23. I have no hand luggage, only this handbag.

我沒有隨身行李，只有這個手提包。

24. I would like to carry this luggage on to the plane.

我想把這行李帶上飛機。

25. The luggage tag is attached to the ticket.

行李標籤附在機票上。

26. Do you smoke?

您抽烟嗎？

27. Please give me a seat by the window.

請給我靠窗口的座位。

28. This is the final announcement for the flight JAL718.

現在是 JAL718 號班機的最後登機召集廣播。

29. JAL nanahyakujūhachibin-no o-kyakusama-wa jūban gēto kara gotōjō-kudasai.

   ＪＡＬ718便の　お客様は　10番　ゲートから　ご搭乗
   ください

30. Jūban gēto-wa dochira-desu-ka?

   10番　ゲートは　どちら　ですか

31. Gotōjōken-o goyōi-kudasai.

   ご搭乗券を　ご用意　ください

32. Dewa o-ki-o tsukete.

   では　お気を　つけて

33. Mata oide-kudasai.

   また　おいで　ください

34. Sayōnara.

   さようなら

29. Passengers on flight JAL718 please board through Gate No. 10.

   JAL718號班機的乘客，請由第十號出口登機。

30. Where is Gate No. 10?

   第十號出口在哪裏？

31. Please get your boarding pass ready.

   請準備好你的登機證。

32. Bon voyage.

   一路平安（一路順風）。

33. Please come again.

   歡迎再來。

34. Good-bye.

   再會（再見）。

■ Yōgo (Vocabulary) 用語

帰国する	kikokusuru	回國	return home
空港	kūkō	飛機場	airport
受付	uketsuke	接待處	reception
予約	yoyaku	預定	booking
変更する	henkōsuru	更改	to change
出発時刻	shuppatsu jikoku	起飛(出發)時間	departure time
飛行機	hikōki	飛機	aeroplane
遅れる	okureru	延遲	to be delayed
欠航	kekkō	取消班機	flight cancelled
立ち寄る	tachiyoru	中途停留	to stop-over
直行	chokkō	直飛	going directly
直行便	chokkōbin	直飛班機	direct flight
経由	keiyu	途徑	via
延着	enchaku	延遲抵達	delayed arrival
荷物	nimotsu	行李	luggage
別送する	bessōsuru	另寄	to send separately
超過料金	chōkaryōkin	行李超重費	excess luggage charge
追加料金	tsuikaryōkin	附加費	additional charge
たばこを吸う	tabako o su'u	吸烟	smoking
窓側	madogawa	靠窗座位	window seat
最終案内	saishūan'nai	最後報告	final announcement
搭乗券	tōjōken	登機證	boarding pass
用意	yōi	預備	preparation
連絡便	renrakubin	轉機	connecting flight

PART 2

基礎会話

Lesson 1	TSUKI · HI · YŌBI (THE MONTH, THE DATE AND THE DAYS) 月 · 日 · 曜日(月 · 日期 · 星期)

1. **Kyō-wa nangatsu nannichi-desu-ka?**

   今日は　何月　何日ですか

2. **Kyō-wa hachigatsu jūgonichi-desu.**

   今日は　8月　15日です

3. **Kinō (sakujitsu)-wa nannichi-deshita-ka?**

   昨日は　何日　でしたか

4. **Kinō-wa jūyokka-deshita.**

   昨日は　14日　でした

5. **Ashita (asu)-wa nan'nichi-desu-ka?**

   明日は　何日ですか

6. **Ashita-wa jūrokunichi-desu.**

   明日は　16日です

7. **Kyō-wa nanyōbi-desu-ka?**

   今日は　何曜日ですか

8. **Kyō-wa getsuyōbi-desu.**

   今日は　月曜日　です

9. **Kinō-wa nanyōbi-deshita-ka?**

   昨日は　何曜日　でしたか

1. What is the date today?

   今天是幾號?

2. Today is the fifteenth of August.

   今天是八月十五號。

3. What was the date yesterday?

   昨天是幾號?

4. Yesterday was the fourteenth.

   昨天是十四號。

5. What will be the date tomorrow?

   明天是幾號?

6. Tomorrow will be the sixteenth.

   明天是十六號。

7. What day is it today?

   今天是星期幾?

8. Today is Monday.

   今天是星期一。

9. What day was it yesterday?

   昨天是星期幾?

10. Kinō-wa nichiyōbi-deshita.

昨日は 日曜日 でした

11. Ashita-wa nanyōbi-desu-ka?

明日は 何曜日 ですか

12. Ashita-wa kayōbi-desu.

明日は 火曜日 です

13. Anata-no otanjōbi-wa itsu-desu-ka?

あなたの お誕生日は いつですか

14. Watashi-no tanjōbi-wa shichigatsu tōka-desu.

わたしの 誕生日は 7月 10日です

15. Lee-san-wa itsu Nippon-ni koraremasu-ka?

李さんは いつ 日本に 来られますか

16. Lee-san-wa Nippon-ni jūgatsu tōka-ni koraremasu.

李さんは 日本に 10月 10日に 来られます

17. Watashi-wa senshū Nippon-e ikimashita.

わたしは 先週 日本へ 行きました

18. Watashi-wa raishū-no suiyōbi-ni Honkon-e kaerimasu.

わたしは 来週の 水曜日に ホンコンへ 帰ります

19. Watashi-wa ninen mae-no imagoro Yokohama-ni imashita.

わたしは 2年前の今頃 横浜に いました

20. Watashi-wa rokunenkan Nippongo-o benkyō-shimashita.

わたしは 6年間 日本語を 勉強しました

10. Yesterday was Sunday.

昨天是星期日。

11. What day will it be tomorrow?

明天是星期幾？

12. Tomorrow will be Tuesday.

明天是星期二。

13. When is your birthday?

你的生日是什麼時候？

14. My birthday is on the tenth of July.

我的生日是七月十號。

15. When will Mr. Lee come to Japan?

李先生將在什麼時候來日本？

16. Mr. Lee will come to Japan on the tenth of October.

李先生將在十月十號來日本。

17. I went to Japan last week.

上星期我去了日本。

18. I shall be going back to Hong Kong next Wednesday.

我下個星期三回香港。

19. I was in Yokohama, about this time two years ago.

兩年前的這個時候我在橫濱。

20. I learned Japanese for six years.

我學習日語有六年了。

Lesson **2**	**JIKAN (THE TIME)** 時間（時間）

1. Ima nanji-desu-ka?

   今　何時ですか

2. Chōdo sanji-desu.

   ちょうど　3時です

3. Rokuji han-desu.

   6時半　です

4. Hachiji jippun mae-(shichiji gojippun)-desu.

   8時10分前（7時50分）　です

5. Jūniji jūgofun sugi-desu.

   12時15分　過ぎです

6. Anata-wa nanji-ni koraremasu-ka?

   あなたは　何時に　来られますか

7. Jūji-ni kimasu.

   10時に　来ます

8. Anata-wa nanji-ni ikaremasu-ka?

   あなたは　何時に　行かれますか

9. Jūji-ni ikimasu.

   10時に　行きます

1. What time is it?

   現在是幾點鐘？

2. It is exactly three o'clock.

   三點正。

3. It is half past six.

   六點半。

4. It is ten minutes to eight. (It is seven fifty.)

   差十分鐘八點（七點五十分）。

5. It is a quarter past twelve.

   十二點一刻。

6. What time will you come?

   你幾點鐘來？

7. I shall come at ten o'clock.

   我十點鐘來。

8. What time will you go?

   你幾點鐘去？

9. I shall go at ten o'clock.

   我十點鐘去。

10. Anata-wa nanji-ni kaeraremasu-ka?

あなたは 何時に 帰られますか

11. Jūji-ni kaerimasu.

10時に帰ります

12. Watashi-wa jūji made omachishimasu.

わたしは 10時まで お待ちします

13. Jūji made matteite-kudasai.

10時まで 待っていて ください

14. Ginkō-wa nanji-ni hajimarimasu-ka?

銀行は 何時に 始まりますか

15. Ginkō-wa kuji-ni hajimarimasu.

銀行は 9時に 始まります

16. Kaisha-wa goji-ni owarimasu.

会社は 5時に 終ります

17. Yakusoku-no jikan-wa gozen (gogo) hachiji-desu.

約束の 時間は 午前（午後） 8時です

18. Yakusoku-no jikan-o henkōsasete-kudasai.

約束の 時間を 変更させて ください

19. Gotsugō-wa nanji-ga yoroshii-desu-ka?

ご都合は 何時が よろしいですか

10. What time will you come back?

你幾點鐘回來？

11. I shall come back at ten o'clock.

我十點鐘回來。

12. I shall wait until ten o'clock.

我等你到十點。

13. Please wait until ten o'clock.

請等到十點。

14. What time does the bank open?

銀行幾點開始營業？

15. The bank opens at nine o'clock.

銀行九點開始營業。

16. The company closes at five o'clock.

公司五點（停止營業）下班。

17. The appointment is at 8.00 a.m. (8.00 p.m.).

約會時間在上午（下午）八點。

18. Please change the time of the appo.ntment.

請允許我更改約會時間。

19. What time would be convenient for you?

你看幾點較方便。

Lesson 3	NENREI (AGE) 年齢（年齢）

1. Anata-wa nansai (o-ikutsu) desu-ka?

   あなたは　何歳（おいくつ）　ですか

2. Watashi-wa hatachi-desu.

   わたしは　20歳　です

3. Watashi-wa yonjūgosai-desu.

   わたしは　45歳　です

4. Watashi-wa sanjūgosai-no toki Nippon-e ikimashita.

   わたしは　35歳の時　日本へ　行きました

5. Watashi-no chichi-wa shichijissai (nanajissai)-desu.

   わたしの　父は　70歳　です

6. Watashi-no tsuma-wa yonjissai-desu.

   わたしの　妻は　40歳　です

1. How old are you?

   你今年多大歲數？

2. I am twenty (years old).

   我二十歲。

3. I am forty-five (years old).

   我四十五歲。

4. I went to Japan when I was thirty-five (years old).

   我在三十五歲時去過日本。

5. My father is seventy (years old).

   我父親七十歲。

6. My wife is forty (years old).

   我太太四十歲。

Lesson 4	AISATSU (GREETINGS) 挨拶（問候）

1. **Ohayō-gozaimasu.**

   お早よう　ございます

2. **Konnichi-wa.**

   こんにちは（今日は）

3. **Konban-wa.**

   こんばんは（今晩は）

4. **Oyasumi-nasai.**

   お休みなさい

5. **Sayōnara.**

   さようなら

6. **Mata oaishimashō.**

   また　お会い　しましょう

7. **O-genki-desu-ka?**

   お元気ですか

8. **Okagesama-de genki-desu.**

   お蔭様で　元気です

9. **Okusama-wa ikaga-desu-ka?**

   奥様は　いかがですか

1. Good morning.

   早安。

2. Good afternoon.

   午安。

3. Good evening.

   晚上好。

4. Good night.

   晚安。

5. Good-bye.

   再見。

6. See you again.

   再見，改天見。

7. How are you?

   你好嗎？

8. I am fine, thank you.

   托福托福，謝謝你。

9. How is your wife?

   你太太好嗎？

10. Arigatō-gozaimasu. Kanai-mo genki-desu.

    ありがとう　ございます。家内も　元気です

11. Dōzo goryōshin-ni yoroshiku.

    どうぞ　ご両親に　よろしく

12. Arigatō-gozaimasu.　Sō tsutaemasu.

    ありがとう　ございます。そう伝えます

13. Oshigoto-wa ikaga-desu-ka?

    お仕事は　いかがですか

14. Māmā-desu.

    まあまあ　です

10. My wife is also fine, thank you.

她也好，謝謝。

11. Please send my best regards to your parents.

請向你父母親問好。

12. I will, thank you.

好的，謝謝你。

13. How is your job?

你的工作好您？

14. So-so.

還可以。

| Lesson 5 | SHŌKAI (INTRODUCTION)
紹介（介紹） |

1. Jikoshōkai-o saseteitadakimasu.

   自己紹介を　させて　いただきます

2. Anata-wa donata-desu-ka?

   あなたは　どなたですか

3. Watashi-wa Lee-desu.　Hajimemashite, dōzo-yoroshiku.

   わたしは　李です。はじめまして、どうぞ　よろしく

4. Hajimemashite.

   はじめまして

5. Lee-san-o goshōkai-itashimasu.

   李さんを　ご紹介　いたします

6. Kochira-wa Singapōru-no Lee-san-desu.

   こちらは　シンガポールの　李さんです

7. Hajimemashite, omenikakarete-taihen-ureshii-desu.

   はじめまして、お目にかかれて　たいへん　嬉しいです

8. O-shiriai-ni narete-ureshii-desu.

   お知りあいに　なれて　嬉しいです

9. Oaidekite taihen-kōei-desu.

   お会いできて　たいへん　光栄です

1. Let me introduce myself.

   讓我來自我介紹。

2. May I know your name, please?

   請問，你貴姓？

3. I am Mr. (Mrs., Miss) Lee, glad to meet you.

   我姓李，你好，多多指教。

4. How do you do?

   你好（久仰久仰）。

5. I would like to introduce you to Mr. Lee.

   我來介紹一下李先生。

6. This is Mr. Lee from Singapore.

   這是新加坡來的李先生。

7. How do you do, I am very glad to meet you.

   久仰久仰，很高興能夠認識你。

8. I am happy to have met you.

   我很高興能認識你。

9. I am honoured to have met you.

   我很榮幸能認識你。

10. Kore-wa watashi-no meishi-desu.

これは　わたしの　名刺です

11. O-namae-wa Tanaka-san kara ukagatte-orimashita.

お名前は　田中さんから　伺っておりました

12. Kochira-wa watashi-no kaisha-no shachō-desu.

こちらは　わたしの会社の　社長です

13. O-shigoto (go-shokugyō)-wa nan-desu-ka?

お仕事（ご職業）は　何ですか

14. Watashi-wa chūgakkō-no kyōshi-desu.

わたしは　中学校の　教師です

15. Kochira-wa Tōkyō-daigaku-no Tanaka-kyōju-desu.

こちらは　東京大学の　田中教授です

16. Watashi-wa seijigaku-o senkō-shiteiru Lin-desu.

わたしは　政治学を　専攻している　林です

17. Watashi-wa ninen-kan Nippon-ni ryūgaku-shimashita.

わたしは　2年間　日本に　留学しました

10. This is my card.

這是我的名片。

11. I have heard your name from Mr. Tanaka.

我從田中先生那兒聽說過你的名字。

12. This is the president of my company.

這是我公司的經理。

13. What is your occupation?

你的職業是什麼？

14. I am a secondary school teacher.

我是中學教員。

15. This is professor Tanaka of Tokyo University.

這位是東京大學的田中教授。

16. I am Lim, specialising in political science.

我姓林，專門研究政治學。

17. I have studied abroad in Japan for two years.

我曾留學日本兩年。

Lesson 6	HITO NI IRAI SURU TOKI (WHEN MAKING REQUESTS) 人に依頼する時（請求）

1. **Yukkuri itte-kudasai.**

   ゆっくり　言って　ください

2. **Mōichido osshate-kudasai.**

   もう一度　おっしゃって　ください

3. **Shōshō o-machi-kudasai.**

   少々　お待ち　ください

4. **Go-enryonaku.**

   ご遠慮なく

5. **Isoide-kudasai.**

   急いで　ください

6. **Wasurenaide-kudasai.**

   忘れないで　ください

7. **Shinbun-o mottekite-kudasai.**

   新聞を　持って来て　ください

8. **Ashimoto-ni go-chūi-kudasai.**

   足もとに　ご注意　ください

9. **Ashita omenikakaritai-no-desu-ga.**

   明日　お目に　かかりたいのですが

1. **Please speak slowly.**

   請你說慢一點。

2. **I beg your pardon.**

   請你再說一遍。

3. **Please wait for a while.**

   請稍等一下。

4. **Don't be shy.**

   不要客氣。

5. **Please hurry up.**

   請快一點。

6. **Please don't forget.**

   請不要忘記。

7. **Please bring the newspaper.**

   請把報紙拿來。

8. **Please watch your step.**

   請慢走。

9. **I would like to meet you tomorrow.**

   我希望明天見你。

10. **Dōzo go-yukkuri-go-taizai-kudasai.**

どうぞ　ごゆっくり　ご滞在ください

11. **O-negai-ga aruno-desu-ga.**

お願いが　あるのですが

12. **Kono imi-o setsumei-shite-kudasai.**

この意味を　説明して　ください

10. Please stay for as long as you like.

請多留一些時間。

11. Could you please do me a favour?

我有些事想麻煩您。

12. Please explain the meaning of this.

請把這意思說明一下。

Lesson 7	HITO NI KANSHA SURU TOKI (WHEN EXPRESSING ONE'S GRATITUDE) 人に感謝する時（表示謝意）

1. Arigatō-gozaimasu. (Arigatō-gozaimashita).

    ありがとう　ございます（ありがとう　ございました）

2. O-sewa-sama-deshita.

    お世話　さまでした

3. Kyō-wa totemo tanoshikatta-desu.

    今日は　とても　楽しかったです

4. Go-shinsetsu-wa kesshite-wasuremasen.

    ご親切は　決して　忘れません

5. O-yakunitatte-ureshikatta-desu.

    お役に　立って　嬉しかったです

6. O-jyama itashimashita.

    おじゃま　致しました

1. Thank you very much.

   謝謝你。

2. Thank you for your help.

   謝謝你的幫忙。

3. Today was very enjoyable.

   今天很快樂。

4. I will never forget your kindness.

   我不會忘記你的好意。

5. I am glad that I can help you.

   我很高興能幫助你。

6. Sorry to trouble you.

   對不起，打擾你了。

Lesson **8**	HITO NI SHAZAI O SURU TOKI (TO APOLOGISE) 人に謝罪をする時（表示歉意）

1. Go-meiwaku-o okakeshite-sumimasen-deshita.

   ご迷惑を　おかけして　すみませんでした

2. Senyaku-ga arimasu-node mōshiwake-gozaimasen.

   先約が　ありますので　申しわけ　ございません

3. O-saki-ni shitsureishimasu.

   お先に　失礼します

4. Osoku natte sumimasen.

   遅くなって　すみません

5. Sumimasen-deshita. (Shitsurei shimashita).

   すみません　でした（失礼しました）

1. I am sorry to have troubled you.

   對不起，給你添麻煩了。

2. I am sorry that I have a previous appointment.

   對不起，我已經有了約會。

3. Sorry, I have to go first.

   對不起，我要先走了。

4. Sorry I am late.

   對不起，我遲到了。

5. I am sorry (Excuse me).

   對不起。

Lesson 9	HITO O HOMERU TOKI (WHEN PRAISING SOMEONE) 人を誉める時 (稱讚)

1. Nekutai-ga yoku o-niai-desu-ne.

   ネクタイが よく お似合い ですね

2. Kimono-no shumi-ga totemo yoroshii-desu-ne.

   着物の趣味が とても よろしいですね

3. Sore-wa subarashii o-kangae-desu-ne.

   それは 素晴しい お考えですね

4. Anokata-wa taihen omoiyari-no arukata-desu.

   あの方は たいへん 思いやりの あるかたです

1. Your necktie really suits you.

   你的領帶跟你很相配。

2. Your dress is in very good taste.

   你對服裝的鑑賞力不俗。

3. It is a wonderful idea.

   那是很好的主意。

4. That person is (very) considerate.

   他很會體貼別人。

Lesson 10	HITO NO FUKŌ O NAGUSAMERU TOKI (TO CONSOLE SOMEONE'S MISFORTUNE) 人の不幸を慰める時（慰問）

1. Sore-wa o-kinodoku-desu-ne.

   それは　お気の毒　ですね

2. Sore-wa zan'nen-desu-ne.

   それは　残念ですね

3. Shinchū o-sasshi-mōshiagemasu.

   心中　お察し　申しあげます

4. Kokoro-kara go-dōjō-mōshiagemasu.

   心から　ご同情　申しあげます

5. Amari-ki-o otosanaide-kudasai.

   あまり　気を落とさないで　ください

1. **That is unfortunate.**

   那是很不幸的。

2. **That is very regrettable.**

   那是很可惜的。

3. **Please accept my deepest condolences.**

   請接受我的吊慰，請節哀順變。

4. **You have my heartfelt sympathy.**

   我很同情你的遭遇。

5. **Please do not be too disappointed.**

   請不要太失望。

Lesson **11**	HITO O SASOU TOKI (WHEN MAKING AN INVITATION) 人を誘う時（邀請）

1. **Watashi-no tanjōbi-no pātii-ni kite-kudasai.**

   わたしの　誕生日の　パーティーに　来て　ください

2. **O-hima-no ori niwa odekake-kudasai.**

   お暇の折には　お出かけ　ください

3. **Ichiji-ni kuruma-de o-mukae-ni-mairimasu.**

   1時に　車で　お迎えに　参ります

1. Please come to my birthday party.

   請你參加我的生日茶會。

2. Please come to see me when you are free.

   有空請來坐坐。

3. I will come and fetch you at one o'clock.

   我一點鐘開車來接你。

Lesson **12**	HITO NI SUSUMERU TOKI (WHEN OFFERING SOMETHING TO SOMEONE) 人にすすめる時（一般應酬 ）

1. **Dōzo o-rakuni.**

   どうぞ　お楽に

2. **Dōzo ohairi-kudasai.**

   どうぞ　お入り　ください

3. **Dōzo okake-kudasai.**

   どうぞ　おかけ　ください

4. **Dōzo go-enryonaku.**

   どうぞ　ご遠慮なく

5. **Dōzo meshiagatte-kudasai.**

   どうぞ　召し上って　ください

6. **Dōzo o-sakini.**

   どうぞ　お先に

1. Please make yourself at home.

   請不要客氣。

2. Please come in.

   請進。

3. Please sit down.

   請坐。

4. Don't be shy.

   不要客氣。

5. Please help yourself.

   請隨便用（吃，喝）。

6. After you.

   您先請吧。

Lesson 13	HITO NI KIBŌ O NOBERU TOKI (WHEN TELLING SOMEONE ABOUT ONE'S WISHES) 人に希望をのべる時（表達願望）

1. **Nippon-ni ikitai-n-desu-ga.**

   日本に　行きたいんですが

2. **Tokei-ga hoshii-n-desu-ga.**

   時計が　欲しいんですが

1. I want to go to Japan.

   我要去日本。

2. I would like to have a watch.

   我很想有隻手錶。

Lesson 14

IPPAN NI YOKU TSUKAWARERU GIMONBUN (INTERROGATIVE SENTENCES IN GENERAL USE)

一般によく使われる疑問文（疑問句）

1. **Nan-desu-ka?**

   何ですか

2. **Dore-desu-ka?**

   どれですか

3. **Dochira-desu-ka?**

   どちらですか

4. **Doko-desu-ka?**

   どこですか

5. **Naze-desu-ka? (Dōshite-desu-ka?)**

   なぜですか（どうしてですか）

6. **Itsu-desu-ka?**

   いつですか

7. **Itsumade-desu-ka?**

   いつまでですか

8. **Kore-wa ikaga-desu-ka?**

   これは　いかがですか

9. **O-ikura-desu-ka?**

   おいくら　ですか

1. What is that?

   那是什麼？

2. Which one?

   哪一個？

3. Which way? (Where?)

   怎麼走？走哪條路？

4. Where?

   哪裏？

5. Why?

   爲什麼？

6. When?

   什麼時候？

7. Until when (How long)?

   到什麼時候爲止？

8. How about this one?

   這個怎麼樣？

9. How much?

   多少錢？

10. **O-ikutsu-desu-ka?** (Nansai-desu-ka?)

おいくつですか（何歳ですか）

11. **Dare-desu-ka?** (Donata-desu-ka?)

誰ですか（どなたですか）

10. How old?

    幾歲（多大歲數）?

11. Who?

    誰?

Lesson **15**	TENKŌ (WEATHER) 天候（天氣）

1. Kyō-wa ii o-tenki-desu-ne.

   今日は　いい　お天気ですね

2. Kyō-wa atsui-desu-ne.

   今日は　暑いですね

3. kaze-ga tsuyoi-desu-ne.

   風が　強いですね

4. Ame-ga futte-imasu.

   雨が　降っています

5. Taifū-ga kimasu.

   台風が　きます

1. It is fine weather today, (isn't it?)

   今天天氣不錯。

2. It's a hot day today, (isn't it?)

   今天是不是很熱。

3. The wind is strong, (isn't it?)

   風很大。

4. It is raining.

   下雨了。

5. A typhoon is coming.

   颱風要來了。

Lesson **16**	KANTANNA SHITSUMON TO KOTAE (SIMPLE QUESTIONS AND ANSWERS) 簡単な質問と答え（簡單回答）

1. Suiei-ga dekimasu-ka?

    水泳が　できますか

    Hai, dekimasu.

    はい　できます

    Iie, dekimasen.

    いいえ　できません

2. Nani iro-ga o-suki-desu-ka?

    何色が　お好きですか

    Aka-ga suki-desu.

    赤が　好きです

3. O-isogashii-desu-ka?

    お忙がしいですか

    Hai, taihen isogashii-desu.

    はい　たいへん　忙しいです

    Iie, amari isogashiku-arimasen.

    いいえ　あまり　忙しくありません

1. **Can you swim?**

   你會游泳嗎？

   Yes, I can.

   我會。

   No, I can't.

   我不會。

2. **What colour do you like?**

   你喜歡什麼顏色？

   I like red.

   我喜歡紅色。

3. **Are you busy?**

   你忙嗎？

   Yes, I am very busy.

   我很忙。

   No, I am not so busy.

   不怎麼忙。

4. Yōi-ga dekimashita-ka?

用意が できましたか

Hai, dekimashita.

はい できました

Iie, mada-desu.

いいえ まだです

5. Anata-wa chūgokujin-desu-ka?

あなたは 中国人ですか

Hai, sō-desu.

はい そうです

Iie, chigaimasu.

いいえ 違います

6. Nippongo-o hanasare-masu-ka?

日本語を 話されますか

Hai, sukoshi hanasemasu.

はい 少し話せます

Iie, zenzen hanasemasen.

いいえ ぜんぜん 話せません

7. Arigatō-gozaimashita.

ありがとう ございました

Dō-itashimashite.

どういたしまして

4. Are you ready?

你準備好了嗎？

Yes, I am.

好了。

No, not yet.

還沒好。

5. Are you Chinese?

你是中國人嗎？

Yes, I am.

是（我是中國人）。

No, I'm not.

我不是中國人。

6. Can you speak Japanese?

你會講日語嗎？

Yes, I can speak a little.

我會講一點。

No, I can't speak at all.

我一點也不會講。

7. Thank you very much.

謝謝你。

Don't mention it. (Not at all.)

請不要客氣。（沒什麼）。

8. Shōshō omachi-kudasai.

    少々　お待ち　ください

    Omatase-itashimashita.

    お待たせ　致しました

9. Kore-wa are to onaji-desu-ka?

    これは　あれと　同じですか

    Hai, onaji-desu.

    はい　同じです

    Iie, chigaimasu.

    いいえ　違います

10. Shumi-wa nan-desu-ka?

    趣味は　何ですか

    Tenisu-desu.

    テニスです

11. Nani-ni kyōmi-ga arimasu-ka?

    何に興味が　ありますか

    Rekishi-ni kyōmi-ga arimasu.

    歴史に　興味が　あります

12. Kono kuni-wa nanigo-ga kokugo-desu-ka?

    この国は　何語が　国語ですか

    Nippongo-desu.

    日本語です

8. Please wait for a while.

請稍等一下。

Sorry to keep you waiting.

對不起，讓你久等了。

9. Is this one the same as that one?

這個跟那個一樣嗎？

Yes, they are the same.

一樣。

No, they are different.

不一樣。

10. What is your hobby?

你的嗜好是什麼？

Playing tennis.

打網球。

11. What are you interested in?

你的興趣是什麼？

I am interested in history.

我對歷史感興趣。

12. What is the national language of this country?

這個國家的官方語言是什麼？

It is Japanese.

是日語。

13. Wakarimashita-ka?

わかりましたか

Hai, wakarimashita.

はい　わかりました

Iie, wakarimasen.

いいえ　わかりません

14. Shitte-imasu-ka?

知って　いますか

Hai, shitte-imasu.

はい　知っています

Iie, shirimasen.

いいえ　知りません

13. **Do you understand?**

你明白了嗎？

Ye's, I do.

明白了。

No, I don't.

不明白。

14. **Do you know?**

你知道嗎？

Yes, I know.

我知道。

No, I don't know.

我不知道。

Lesson **17**	KAIWA O TSUNAGU KOTOBA (CON-JUNCTIVE WORDS AND PHRASES) 会話をつなぐ言葉（連接詞）

1. **Soshite**

   そして

2. **Sorekara**

   それから

3. **Shikashi**

   しかし

4. **Jitsu-wa**

   実は

5. **Mochiron-desu.**

   もちろんです

6. **Sō-desu-ka?**

   そうですか

7. **Sonotōri-desu.**

   そのとおりです

8. **Dōkan-desu.**

   同感です

9. **Hontō-desu-ka?**

   ほんとうですか

1. and, then

   和、跟、然後。

2. after that, since then

   然後，從那時候起。

3. but

   但是

4. actually, as a matter of fact, in fact.

   其實

5. of course

   當然

6. Is that so?

   是嗎？

7. You're right. (That's right.)

   如你所說的。

8. I agree with you.

   我同意你的說法，我們有同感。

9. Is that true? (Really?)

   是真的嗎？（真的？）

10. Naruhodo.

なるほど

Kihontango (Basic Words) 基本單語

(1) 基数	Kisū	基数（基本数字）	Cardinal Numbers
1	ichi	一	one
2	ni	二	two
3	san	三	three
4	shi, yon	四	four
5	go	五	five
6	roku	六	six
7	shichi, nana	七	seven
8	hachi	八	eight
9	ku, kyū	九	nine
10	jū	十	ten
20	nijū	二十	twenty
30	sanjū	三十	thirty
40	yonjū	四十	forty
50	gojū	五十	fifty
60	rokujū	六十	sixty
70	shichijū	七十	seventy
80	hachijū	八十	eighty
90	kyūjū	九十	ninety
100	hyaku	一百	one hundred
1000	sen	一千	one thousand
10000	ichiman	一萬	ten thousand
100000	jūman	十萬	one hundred thousand

10. I see.

原來如此。

(2) 序數	Josū	序数(順序数字)	Ordinal Numbers
第1	dai′ichi	第一	first
第2	daini	第二	second
第3	daisan	第三	third
第4	daishi	第四	fourth
第5	daigo	第五	fifth
第6	dairoku	第六	sixth
第7	daishichi	第七	seventh
第8	daihachi	第八	eighth
第9	daiku	第九	ninth
第10	daijū	第十	tenth
第11	daijūichi	第十一	eleventh
第12	daijūni	第十二	twelfth
第20	dainijū	第二十	twentieth
第100	daihyaku	第一百	one hundredth

(3) 月	Tsuki	月	Months
1月	ichigatsu	正月（一月）	January
2月	nigatsu	二月	February
3月	sangatsu	三月	March
4月	shigatsu	四月	April
5月	gogatsu	五月	May
6月	rokugatsu	六月	June
7月	shichigatsu	七月	July
8月	hachigatsu	八月	August
9月	kugatsu	九月	September
10月	jūgatsu	十月	October
11月	jūichigatsu	十一月	November
12月	jūnigatsu	十二月	December

今月	kongetsu	這個月	this month
来月	raigetsu	下個月	next month
先月	sengetsu	上個月	last month
毎月	maigetsu	每個月	every month
月末	getsumatsu	月底	end of the month

(4) 日　Hi　日子　Dates

1日	tsuitachi	一號	first
2日	futsuka	二號	second
3日	mikka	三號	third
4日	yokka	四號	fourth
5日	itsuka	五號	fifth
6日	muika	六號	sixth
7日	nanoka	七號	seventh
8日	yōka	八號	eighth
9日	kokonoka	九號	ninth
10日	tōka	十號	tenth
11日	jūichi-nichi	十一號	eleventh
12日	jūni-nichi	十二號	twelfth
13日	jūsan-nichi	十三號	thirteenth
14日	jūyokka	十四號	fourteenth
15日	jūgo-nichi	十五號	fifteenth
16日	jūroku-nichi	十六號	sixteenth
17日	jūshichi-nichi	十七號	seventeenth
18日	jūhachi-nichi	十八號	eighteenth
19日	jūku-nichi	十九號	nineteenth
20日	hatsuka	二十號	twentieth
21日	nijūichi-nichi	二十一號	twenty-first
22日	nijūni-nichi	二十二號	twenty-second
23日	nijūsan-nichi	二十三號	twenty-third
24日	nijūyokka	二十四號	twenty-fourth
25日	nijūgo-nichi	二十五號	twenty-fifth
26日	nijūroku-nichi	二十六號	twenty-sixth
27日	nijūshichi-nichi	二十七號	twenty-seventh
28日	nijūhachi-nichi	二十八号	twenty-eighth
29日	nijūku-nichi	二十九号	twenty-ninth

30日	sanjū-nichi	三十號	thirtieth
31日	sanjūichi-nichi	三十一號	thirty-first
今日	kyō	今天	today
明日	ashita (asu)	明天	tomorrow
昨日	kinō	昨天	yesterday
毎日	mainichi	每天	every day
朝	asa	早上	morning
昼	hiru	正午	noon
晩	ban	晚上或者傍晚	night or evening

（5）曜日　Yōbi　星期　Days of the Week

日曜日	nichi-yōbi	星期日	Sunday
月曜日	getsu-yōbi	星期一	Monday
火曜日	ka-yōbi	星期二	Tuesday
水曜日	sui-yōbi	星期三	Wednesday
木曜日	moku-yōbi	星期四	Thursday
金曜日	kin-yōbi	星期五	Friday
土曜日	do-yōbi	星期六	Saturday
今週	konshū	這個星期	this week
来週	raishū	下個星期	next week
先週	senshū	上個星期	last week
毎週	maishū	每星期	every week
週日	shūjitsu	周日	week days
週末	shūmatsu	周末	week end

（6）年　Toshi (nen)　年　Years

1年	ichi-nen	一年	one year
2年	ni-nen	兩年	two years
3年	san-nen	三年	three years
4年	yo-nen	四年	four years
今年	kotoshi	今年	this year
来年	rai-nen	明年	next year
去年（昨年）	kyo-nen(sakunen)	去年	last year
毎年	mai-nen(mai-toshi)	每年	every year
年末	nenmatsu	年底	end of the year

(7) 時間	Jikan	時間	Time
1時	ichi-ji	一點鐘	one o'clock
2時	ni-ji	兩點鐘	two o'clock
3時	san-ji	三點鐘	three o'clock
4時	yo-ji	四點鐘	four o'clock
1分	ippun	一分鐘	one minute
2分	nifun	兩分鐘	two minutes
3分	sanpun	三分鐘	three minutes
4分	yonpun	四分鐘	four minutes
15分	jūgo-fun	十五分鐘	fifteen minutes
30分	sanjippun (sanju-ppun)	三十分鐘	thirty minutes
45分	yonjūgo-fun	四十五分鐘	forty-five minutes
1秒	ichibyō	一秒	one second
2秒	nibyō	兩秒	two seconds
3秒	sanbyō	三秒	three seconds
4秒	yonbyō	四秒	four seconds
15秒	jūgobyō	十五秒	fifteen seconds
30秒	sanjūbyō	三十秒	thirty seconds
45秒	yonjūgobyō	四十五秒	forty-five seconds
(8) 年齢	Nenrei	年齢	Age
1歳	issai	一歳	one year old
9歳	kyūsai	九歳	nine years old
10歳	jissai (jussai)	十歳	ten years old
20歳	hatachi	二十歳	twenty years old
30歳	sanjissai(sanjussai)	三十歳	thirty years old
40歳	yonjissai (yonjuss-ai)	四十歳	forty years old
50歳	gojissai (gojusai)	五十歳	fifty years old

（9）家族関係	Kazokukankei	親戚關係	Family Relations
父	chichi	父親	father
母	haha	母親	mother
兄	ani	哥哥	elder brother
姉	ane	姐姐	elder sister
弟	otōto	弟弟	younger brother
妹	imōto	妹妹	younger sister
祖父	sofu	祖父，外祖父	grandfather
祖母	sobo	祖母，外祖母	grandmother
おじ	oji	伯父，叔父，舅父，姑父，姨丈	uncle
おば	oba	伯母，嬸母，舅母，姑母，姨母	aunt
いとこ	itoko	表兄弟姐妹	cousin
両親	ryōshin	雙親	parents
兄弟	kyōdai	兄弟	brothers
姉妹	shimai	姐妹	sisters
子供	kodomo	孩子	children
息子	musuko	兒子	son
娘	musume	女兒	daughter
孫	mago	孩子	grandchildren
赤ん坊	akanbō	嬰兒	baby
主人	shujin	丈夫（先生）	(my) husband
家内（妻）	kanai (tsuma)	妻子（太太）	(my) wife
老人	rōjin	老人	aged

（10）職業	Shokugyō	職業	Professions (Occupations)
校長	kōchō	校長	principal
教師	kyōshi	敎師，敎員	teacher
先生	sensei	老師	teacher
教授	kyōju	敎授	professor
講師	kōshi	講師	lecturer
医者	isha	醫生	doctor
弁護士	bengoshi	律師	lawyer

技師	gishi	工程師	engineer
俳優	haiyū	演員	actor
新聞記者	shinbun kisha	記者	reporter
銀行家	ginkōka	銀行家	banker
実業家	jitsugyōka	商人	business man
農夫	nōfu	農夫，農民	farmer
漁師	ryōshi	漁夫，漁民	fisherman
(11) 疑問詞	**Gimonshi**	**疑問句**	**Interrogative Pronouns**
なに	nani	什麼	what
どれ	dore	哪一個	which
どちら	dochira	哪裏？在哪兒？	which one (which direction)
なぜ	naze	爲什麼	why
いつ	itsu	什麼時候	when
いつまで	itsumade	多久	how long
いくら	ikura	多少錢	how much
いくつ	ikutsu	多少，幾歲	how many, how old
誰	dare	誰	who
(12) 天候	**Tenkō**	**天氣**	**Weather**
雨	ame	雨	rain
小雨	kosame	毛毛雨	light rain
大雨	ōame	大雨	heavy rain
雪	yuki	雪	snow
台風	taifū	颱風	typhoon
地震	jishin	地震	earthquake
晴	hare	晴	fine
曇り	kumori	陰	cloudy
凍る	kōru	凍結	freezing
暑い	atsui	熱	hot
寒い	samui	寒冷	cold
涼しい	suzushii	涼	cool
暖かい	atatakai	暖	warm

(13) 四季	**Shiki**	四季	**Seasons**
春	haru	春天	spring
夏	natsu	夏天	summer
秋	aki	秋天	autumn
冬	fuyu	冬天	winter

(14) 色	**Iro**	顏色	**Colours**
赤	aka	紅	red
白	shiro	白	white
黒	kuro	黑	black
黄	ki	黃	yellow
青	ao	藍	blue
緑	midori	綠	green
桃色	momoiro	粉紅	pink
紫	murasaki	紫	purple
茶色	chairo	褐，棕	brown
灰色	hai-iro	灰色	grey

(15) 言語	**Gengo**	語言	**Languages**
日本語	nippongo	日語	Japanese
中国語	chūgokugo	中國語 / 華語	Chinese
マレー語	mareigo	馬來語	Malay
英語	eigo	英語	English
フランス語	furansugo	法語	French
ドイツ語	doitsugo	德語	German
イタリア語	itariago	義大利語	Italian

(16) 人種	**Jinshu**	種族	**Races**
日本人	nipponjin	日本人	Japanese
中国人	chūgokujin	中國人	Chinese
マレー人	mareijin	馬來人	Malay
英国人 （イギリス人）	eikokujin (igirisu-jin)	英國人	English
米国人 （アメリカ人）	beikokujin (am-erikajin)	美國人	American

フランス人	furansujin	法國人	French
ドイツ人	doitsujin	德國人	German
イタリア人	itariajin	義大利人	Italian
インド人	indojin	印度人	Indian
(17) 国	**Kuni**	國家	**Countries**
日本	nippon	日本	Japan
中国	chugoku	中華民國	China
マレーシア	mareishia	馬來西亞	Malaysia
イギリス	igirisu (eikoku)	英國	England
アメリカ	america (beikoku)	美國	America
フランス	furansu	法國	France
ドイツ	doitsu	德國	Germany
イタリア	itaria	義大利	Italy
インド	indo	印度	India

附　　　錄

東京的年中行事曆

新年消防演習日　1月6日　中央区・中央大道
　　約6000名的消防隊員及200台的消防車而組成的遊行隊
　　伍。其中最值得觀賞的是消防隊員以敏捷的技術輕快地攀
　　登防火梯的精彩表演。

焚松枝・稻草繩的風習　1月8日　台東区・鳥越神社
　　此處乃日本全國率先舉行焚燒新年時用的松枝・稻草繩等
　　門飾的儀式的神社。傳說用此火烤餅而食可全年防治感
　　冒。

替誑節　　　1月24〜25日　江東区・龜戶天神
　　在這個神社中販賣著一種木雕的鷽鳥，據說它可使人一年
　　中所說的謊話轉爲吉祥。

達磨仏事　2月節分の日　足立・西新井大師
　　此一佛事乃爲求得闔家平安健康而舉行的佛事。首先將達
　　磨人形的不倒翁堆積起來，然後唸經助禱再以吹法螺爲信
　　號將之焚燒。

凧市　2月初午　北区・王子稻荷
　　在二月的第一個午日所舉行祭祀「農神」而舉辦的廟會，
　　在這一天神社內會發送小型的紙風箏做防火功能之傳說的
　　護身符。

遊田節　2月13日　板橋・下赤塚諏訪神社
　　由於此一風俗在今日之東京已屬稀有的農民祭典，所以已
　　被指定爲東京都的文化珍寶。這祭典是以舞蹈來表演農民
　　插秧直到收穫爲主的耕作情形。

達磨廟会　3月3〜4日　調布市・深大寺
　　在神社內到處林立著販賣達磨人形的商店，傳說此種朱紅
　　色無眼的達磨形體不倒翁是開運的吉祥物，所以非常暢
　　銷。

護國寺萬人大遊行　4月8日前の日曜日　文京・護国寺
　　以往護國寺的花祭僅有兒童可以參加遊行，但從昭和23
　　年以來擴展到一般平民皆可參加，故使得此一活動更加熱
　　鬧，遊行隊伍主要的路線是音羽大道。

水天宮祭　5月5日　中央区・水天宮
　　此神社仍供奉著安胎及特殊服務行業（如：俱樂部、酒廊）
　　的守護神而著名。每當往例的大祭日神社內就充滿了爲祈
　　求胎兒平安的孕婦。

神田祭　5月14～15日前後　千代田・神田明神
　　是古代平民祭祀的代表祭典，遺憾的是，在今日因交通因
　　素及人手不足，已不復見往日充滿活力而熱鬧非凡的景
　　象。

三社祭　5月第3日曜日を中心に5日間　台東区・浅草神社
　　此乃是聞名的江戶三大祭典之一。如今依舊保有下町區夏
　　季風物民情詩吟誦作風。在各類儀式中最爲吸引人的是在
　　星期日出巡的「三社神」大神轎。

河童祭　6月上旬の金～日　品川区・荏原神社
　　在此祭日的最後一天可看到將近100名裸裎的年輕人抬著
　　神轎，在海邊遊行。乃爲祈求漁量豐收及避免海難的儀
　　式。

鳥越的夜祭節　6月9日に近い日曜日　台東区・鳥越神社
　　以擁有東京第一大神轎而聞名（重量約有4噸），當日由
　　200餘人抬著神轎遊行市街。

山王祭　6月10～16日　千代田・日枝神社
　　每奇數年份的6月15日的前一日所舉行的祭典。民眾抬
　　著「御奉輦」遊行街道，而此日爲祭神而表演的「浦安舞」
　　最值得一看。

水上祭典　7月1日　台東区・鳥越神社
　　即是要拔除人的罪惡及污點的祭典。用白紙作成紙人付諸
　　流水，以祈求否極泰來。

3

朝顔廟会　7月6～8日　台東・真源寺

此神社乃供奉兒童守護神「鬼子母神」為主，自明治時代
以來既已成立的「朝顔市集」以製造販賣特殊陶器為主。
因此每當祭日來臨熱鬧非凡，值得一遊。

ほおずき市　7月9～10日　台東区・浅草市

傳說在7月10日這一天參拜淺草寺的人，與參拜神社
127天左右俱有相同的神效。

九品仏面具節　8月16日　世田谷・九品仏浄真寺

乃是由戴著25菩薩面具的信徒，渡過九品佛正殿與三佛
堂之間的橋樑，迎接正殿的釋迦佛的祭典。

だらだら祭典　9月10～21日　港区・芝大神宮

此祭典期間有販賣"千木苴（一種竹蔞）及生薑的市集出
現。此祭典為期12天，時間很長，但以15～17日為主
要祭典日。

大東京祭　10月1日　東京都內各處

當天舉辦「江戶消防紀念會」的消防隊的旗幟遊行，以及
「東京小姐選美會」等各種慶祝活動，而其中就以消防隊
旗幟遊行最值得一看。

鬼子母神祭典　10月16～18日　豊島・鬼子母神社

「鬼子母神」乃是兒童的守護神，在此神社內有不少販賣
花飾的攤位。而其中又以販賣「芒草束」（以芒草設計而
成的飾品）最受女性的喜愛。

蘿蔔漬物市集　10月19日　中央区・宝田恵比寿神社

此神社所供奉的「惠比壽神」乃以保佑商業興隆而著名的
神氏。每當19日廟會前夕的祭典，總出現不少販賣「醃
蘿蔔」的攤位。

酉廟会　11月酉の日　台東区・鷲神社

供奉「酉神」而著稱。在神社內有販賣「熊手」的店面。
據說此物乃開運的吉祥物（一種用鐵或木頭作成的耙子）。

世田谷舊物市集　12月15～16日，1月15～16日　世
田谷区・上町町会大道

　　在通稱「舊物市集」路的這一條街上有超過560家的店面
，販賣著各式各樣的貨物，從舊家俱到新年用品或盆栽材
料，應有盡有。每年到此參觀購物的人就超過 20 萬人。

美術館・博物館

出光美術館　千・丸の内 3-1-1（電話 213-8456）
　　出光佐三氏的搜集品、陶磁器、浮世繪、中近東美術品。
印刷局紀念館　新・市谷本村町 42（電話 268-3271）
　　紙幣、郵票的製造工程的解說，國營印刷事業的史料。
NHK広播博物館　港・愛宕 2-1-1（電話 433-5211）
　　有關廣播機器、文獻、照片、錄音、影片。
大倉集古館　港・虎ノ門 2-10-3（電話 583-0781）
　　大倉喜八郎、喜七郎父子所收集的東洋古美術品。
古代東洋博物館　豊・東池袋 3-1-4（電話 989-3491）
　　日本最初的正式的東洋博物館。
科学技術館　千・北の丸公園 2-1（電話 212-8471）
　　科學技術普及資料，可移動的展示品也很多。
家俱博物館　中・晴海 3-10 JFCビル（電話 533-0098）
　　展示家俱、日式家俱、椅子的歷史、梳粧台、收納家俱等
　　等。
紙博物館　北・船堀 1-1-8（電話 911-3545）
　　世界第一個以紙爲主題的博物館，展示手抄紙，製造用具等。
栗田美術館　中・日本橋浜町 2-17-9（電話 666-6246）
　　栗田英男氏的日本陶磁器，展示伊萬里，鍋島的陶磁器。
憲政紀念館　千・永田町 1-1-1（電話 581-1651）
　　議會政治資料的展示館是日本國唯一的創舉。
交通博物館　千・神田須田町 1-25（電話 251-8481）
　　展示交通所有的資料，有國鐵各種車輛模型的大運轉場。
國立科學博物館　台・上野公園 7-20（電話 822-0111）
　　展示動、植、礦物、古生物等自然史、科學史資料。
國立西洋美術館　台・上野公園 7-7（電話 828-5131）
　　以松方幸次郎氏所收集的西洋美術品爲中心，有繪畫，彫
　　刻等等。

五島美術館　世‧上野毛 3-9-25（電話 703-0661）
　　五島慶太氏的收集品，也有很多源氏物語繪卷等國寶級史
　料。
五島天文館　渋‧渋谷 2-21-12（電話 407-7409）
　　天文儀器、天文望遠鏡、天文照片、海外星圖等的展示。
サントリー美術館　港‧元赤坂 1-2-3（電話 470-1073）
　　展示日本自古以來與生活息息相關的美術品。
書道博物館　台‧根岸 2-10-4（電話 872-2645）
　　中村不折氏蒐集的書道資料，碑石關係的資料展示。
杉野学園衣裳博物館　品‧上大崎 4-6-19（電話 491-8151）
　　杉野芳子校長的收集品，有各國民族衣裳，日本古代衣裳
　展示。
相撲博物館　墨‧橫網 1-3-28（電話 622-0366）
　　相撲等級順序表，彩色版畫，力士在開場式上圍的飾布、
　遺物、手印等的相撲資料。
聖德紀念繪画館　新‧霞岳町 9（電話 401-5179）
　　以年代順序來展示描寫明治天皇，昭憲皇太后事蹟的繪
　畫。
一葉紀念館　台‧竜泉 3-18-4（電話 873-0004）
　　文豪樋口一葉的原稿、書簡、詩箋、桌子、文房用具、衣
　服等的展示。
大名鐘錶博物館　台‧谷中 2-1-27（電話 821-6913）
　　上口愚朗氏的收集品，櫓時計、台時計、枕時計、印籠
　時計等的展示。
香煙、塩博物館　渋‧神南 1-16-8（電話 476-2041）
　　展示日本製造塩的過程和有關世界各國煙草的歷史資料。
原美術館　品‧北品川 4-7-25（電話 445-0651）
　　展示現代美術的代表作品同時也舉辦演講會等活動。
秩父宮紀念運動博物館　新‧霞岳町 10（電話 403-1151）
　　日本的運動史資料，騎射、古時貴族的遊戲踢球時所穿用
　的服裝。

郵遞綜合博物館　千·大手町 2-3-1（電話 244-6811）
　　世界各國的郵票、電信、電波、郵政，從前的交通文獻資
　料。
電氣通信科学館　千·大手町 2-2-2（電話 241-8080）
　　介紹電氣通信的組織和技術，可移動的展示品也很多。
天理美術展覽室　千·神田錦町 1-9（電話 292-7025）
　　天理大學參考館，天理圖書館的考古學資料，民族資料。
東京藝術大学附屬藝術資料館　台·上野公園 12-8（電話
828-6111）
　　展示東京藝術大學所珍藏的美術品。
刀劍博物館　渋·代々木 4-25-10（電話 379-1386）
　　日本國唯一展示刀劍的博物館，所收藏之國寶級文物，重
　要文化財產，重要美術品爲數很多。
東京國立近代美術館　千·北の丸公園 3（電話 214-2561）
　　屬於近代之油畫、日本畫、彫刻等美術品約有 3000 件。
東京國立博物館　台·上野公園 13-9（電話 822-1111）
　　展示以日本爲中心之亞洲考古遺物、繪畫、工藝、彫刻等。
東京中央美術館　中·銀座 2-7-18（電話 564-0711）
　　現代美術的企畫展。
東京都近代文学博物館　目·駒場 4-3-55（電話 466-5150）
　　展示從明治維新到現代之主要作家的作品及有關資料。
東京都美術館　台·上野公園 8-36（電話 823-6921）
　　日本美術院展覽會，「二科展」，美術團體展，特別展，
　美術教室。
東京都復興紀念館　墨·橫網 2-3-25（電話 622-1208）
　　關東大地震的受害狀況，照片、繪畫、戰爭、災害時的資
　料。
豊島園昆虫館　練·向山 3-25-1（電話 990-3131）
　　可供觀察昆蟲的生態。
日本近代文学館　目·駒場 4-3-55（電話 468-4181）
　　有關近代文學的資料、圖書、雜誌、原稿、日記、書信等等。

日本民藝館　目・駒場4-3-33（電話467-4527）

　　民衆所做的工藝作品、陶磁作品、染色編織品、木漆、繪
　畫、彫刻其他等等。

根津美術館　港・南青山6-5-36（電話400-2536）

　　根津嘉一郎氏所收集的日本、朝鮮、中國等東洋的古美術
　品。

野口英世紀念館　新・大京町26（電話357-0741）

　　展示野口英世博士的資料、遺物、勳章等等。

畠山紀念館　港・白金台2-20-12（電話447-5787）

　　畠山一清氏所收集以茶器爲主的東洋古美術品。

船科学館　品・東八潮3-1（電話528-1111）

　　有關海上事務的資料、模型、機械等綜合科學館。

ブリヂストン美術館　中・京橋1-10-1（電話563-0241）

　　石橋正二郎氏蒐集的外國繪畫、彫刻、陶器、日本的洋畫。

ペンタックス・ギャヲリー　港・西麻布3-21-20　（電話
401-2186）

　　日本唯一備受注目的照相機博物館。

明治大学刑事博物館　千・神田駿河台1-1（電話296-
4431）

　　展示近代刑事資料和刑具。

棒球体育博物館　文・後楽1-3-61（電話811-3600）

　　展示棒球以及有關體育的實物、文獻、模型、照片。

山種美術館　中・日本橋兜町7-12（電話669-7643）

　　從近代到現代的日本畫專門的美術館。

リッカー美術館　中・銀座6-2-3（電話571-3254）

　　平木收藏品的集大成，有浮世繪、古美術品。

龍子紀念館　大・中央4-2-1（電話772-0680）

　　只展示川端龍子個人的作品。

一萬日圓以上飯店一覽表

★東京

飯店名稱	地址・住宿費用	電話
ロイヤルパークホテル	中央区日本橋町 2-1-1 S：2 万 2000 円 T：3 万円~	03-3667-1111
銀座東武ホテル	中央区銀座 6-14-10 S：1 万 7000 円 T：2 万 8000 円~	03-3546-0111
銀座国際ホテル	中央区銀座 8-7-13 S：1 万 3000 円~T：2 万円~	03-3547-1121
第一ホテルアネックス	千代田区内幸町 1-5-2 S：2 万円~T：2 万 800 円~	03-3503-5611
赤坂東急ホテル	千代田区永田町 2-14-3 S：1 万 9000 円~T：2 万 7000 円~	03-3580-2311
ホテルパシフィック東京	港区高輪 3-13-3 S：2 万 2000 円~T：2 万 5000 円~	03-3445-6711
高輪東武ホテル	港区高輪 4-7-6 S：1 万 2705 円~T：1 万 8900 円~	03-3447-0111
日比谷パークホテル	港区西新橋 2-8-10 S：1 万 500 円~T：1 万 5750 円~	03-3503-0111 （税サ込）
羽田東急ホテル	大田区羽田空港 2-8-6 S：1 万 6000 円~T：2 万 6800 円~	03-3747-0311
ニューオータニイン東京 （新大谷 inn 東京飯店）	品川区大崎 1-6-2 S：1 万 3000 円~T：2 万 3000 円~	03-3779-9111
新宿ワシントンホテル （新宿華盛頓飯店）	新宿区西新宿 3-2-9 S：1 万 1300 円~T：1 万 7500 円~	03-3343-3111
新宿プリンスホテル （新宿王子飯店）	新宿区歌舞伎町 1-30-1 S：1 万 5000 円~T：2 万 6000 円~	03-3205-1111
オリンピック・イン麻布	港区南布 1-7-37 S：1 万 1500 円~T：1 万 7325 円~	03-5476-5050
ホテルグランドパレス	千代田区飯田橋 1-1-1 S：1 万 7000 円~T：2 万 8000 円~	03-3264-1111
ダイヤモンドホテル	千代田区一番町 25 S：1 万 2000 円~T：2 万 2000 円~	03-3263-2211
八重洲富士屋ホテル	中央区八重洲 2-9-1 S：1 万 2500 円~T：2 万 4000 円~	03-3273-2111
小田急ホテルセンチュリーサザンタワー	渋谷区代々木 2-2-1 S：1 万 6000 円~T：2 万 2000 円~	03-5354-0111

渋谷東武ホテル	渋谷区宇田川町 3-1 S：1万 1500 円・T：1万 8000 円～	03-3407-2111
ホテルイースト 21 東京	江東区東陽 6-3-3 S：1万 5000 円・T：2万 5000 円～	03-5683-5683
HOTEL TOWA 上野	台東区東上野 5-5-6 S：9000 円～・T：2万円～	03-5828-0108
吉祥寺東急イン	武蔵野市吉祥寺南町 1-6-3 S：1万 500 円～・T：1万 7500 円～	0422-47-0109
ホテルザ・エルシィ町田	町田市原町田 3-2-9 S：1万円～・T：1万 8000 円～	042-724-3111 (サなし税別)

一萬日圓以下飯店一覧表

★東京

飯店名称	地址・住宿費	電話
品川プリンスホテル・本館 （品川王子飯店本館）	港区高輪 4-10-30 S：1万 780 円 T：無	03-3440-1111
ホテルサンルート池袋	豊島区東池袋 1-39-4 S：9900 円 T：1万 7160 円	03-3980-1911
ホテルサンシティ池袋 （池袋太陽城王子飯店）	豊島区西池袋 1-29-1 S：7800 円～T：1万 2600 円	03-3986-1101
ヴィラ フォンテーヌ箱崎	中央区日本橋箱崎町 20-10 S：7600 円 T：1万 2000 円	03-3667-3330
東急ステイ門前仲町	江東区富岡 1-23-2 S：7600 円 T：1万 2700 円	03-5620-0109
ホテルモントレ山王	大田区山王 1-3-1 S：9500 円 T：1万 7000 円	03-3773-7111
ホテルワトソン（目黒）	品川区上大崎 2-26-5 S：9900 円 T：1万 7050 円	03-3490-5566
HOTEL TOWA 浅草	台東区駒形 1-4-17 S：9460 円 T：1万 2100 円	03-3843-0108
APA ホテル(東京板橋)	豊島区上池袋 4-47-1 S：8250 円 T：1万 4300 円	03-5974-8111
ホテルエクセレント恵比寿	渋谷区恵比寿西 1-9-5 S：8700 円 T：1万 2500 円	03-5458-0087
ホテルサンルート浅草	台東区雷門 1-8-5 S：8580 円 T：1万 6500 円	03-3847-1511
東急ステイ新橋	港区新橋 6-20-1 S：8400 円 T：無	03-5401-1109

★ 大阪

飯店名稱	地址・住宿費	電話
なんばオリエンタルホテル	大阪市中央区千日前2-8-17 S：9900円 T：1万8700円	06-647-8111
ホテル京阪京橋（京橋）	大阪市都島区東野田町2-1-38 S：8800円 T：1万5000円	06-353-0321
リーガロイヤルホテル四ツ橋	大阪市西区新町1-10-12 S：9680円 T：1万8700円	06-534-1211
三井ガーデンホテル大阪	大阪市中央区高麗橋2-5-7 S：9130円 T：1万6500円	06-223-1131
大阪なんばワシントンホテルプラザ（日本橋）	大阪市中央区日本橋1-1 S：6190円 T：1万5238円	06-212-2555

★首都圏

飯店名稱	地址・住宿費	電話
横浜伊勢佐木町 ワシントン ホテル（横浜）	横浜市中区長者町5-53 S：8800円 T：1万7820円	045-2437111
ホテル メッツ川崎	川崎市幸区堀川町72-2 S：8381円 T：1万3905円	044-5401100
八王子プラザホテル	東京都八王子市明神町4-6-12 S：7700円 T：1万3970円	0426-46-0111

★ 札幌

飯店名稱	地址・住宿費	電話
札幌東急イン	札幌市中央区南4条西5丁目1 S：9000円~T：1万9600円~	011-531-0109
札幌ステーションホテル	札幌市北区北7条西4丁目 S：8300円~T：1万6600円	011-7272111
札幌第2ワシントンホテル	札幌市中央区北5条西6丁目 S：9300円~T：1万7800円~	011-222-3311

★ 仙台

飯店名稱	地址・住宿費	電話
ホテル JAL シティ仙台	仙台市青葉区花京院1-2-12 S：9680円 T：1万7600円	022-711-2580
ホテル仙台プラザ	仙台市青葉区本町2-20-1 S：1万120円~T：2万900円~	022-262-7111
ホテルイーストワン仙台	仙台市青葉区一番町1-1-5 S：7500円 T：1万4500円~	022-213-1101

★ 名古屋

飯店名称	地址・住宿費	電話
東京第一ホテル錦	名古屋市中区錦 3-18-21 S：8800 円 T：1 万 6500 円	052-955-1001
名鉄ニューグランドホテル	名古屋市中村区椿町 6-9 S：9680 円 T：1 万 8150 円	052-452-5511
ホテルトラスティ名古屋	名古屋市中区錦 2-11-32 S：6800 円 T：1 万 2500 円	052-221-5511

★ 神戸

飯店名称	地址・住宿費	電話
三宮ターミナルホテル	神戸市中央区雲井通 8-1-2 S：9570 円 T：1 万 9470 円	078-291-0001
ホテルモントレ神戸	神戸市中央区下山手通 2-11-13 S：9680 円 T：2 万 900 円	078-392-7111
神戸東急イン	神戸市中央区雲井通 6-1-5 S：9700 円 T：1 万 8000 円	078-291-0109

★ 広島

飯店名称	地址・住宿費	電話
広島全日空ホテル	広島市中区中町 6-1-5 S：9900 円 T：2 万 350 円	082-241-1111
マルコーイン・広島	広島市中区銀山町 7-8 S：6800 円 T：1 万 2000 円	082-242-0505
ホテルサンルート広島	広島市中区大手町 3-3-1 S：8470 円 T：1 万 6500 円	082-249-3600

★ 福岡

飯店名称	地址・住宿費	電話
ホテルセントラーザ博多	福岡市博多区博多駅中央街 4-23 S：1 万 1550 円 T：1 万 9800 円	092-461-0111
デュークスホテル	福岡市博多区博多駅前 2-3-9 S：7800 円 T：1 万 3000 円	092-472-1800
東京第一ホテル福岡	福岡市博多区中洲 5-2-18 S：9350 円 T：1 万 5400 円	092-281-3311

以上資料謹供参考

▲東京都動物園・水族館・植物園◣

◎在都市中發現到可讓心靈得到休息的綠洲

名　稱	電　話	開館時間/ 定休日/ 門　票/ 特　色
板橋區立小朋友動物園 地鐵板橋區公所前車站 步行 8 分	3963-8003	10:00~16:30(冬天~16:00)/週一休 免費／有動物園及其他淡水魚水族館
舊芝離宮恩賜庭園 演松町車站步行 2 分	3434-4029	9:00~16:30/年底年初休 150 日圓/最古老的現存庭園
小石川後樂園 地下鐵後樂園站步行 8 分	3811-3015	9:00~17:00/年底年初休 300 日圓/可以看到美麗的垂櫻
小石川植物園 地下鐵白山車站步行 10 分	3814-0138	9:00~16:00/星期一休 330 日圓/東大附屬之日本最古老的植物園
國立自然教育園 目黑車站步行 8 分	3441-7176	9:00~16:30/星期一休 200 日圓/市中心僅少數的綠洲
品川水族館 京濱急行線大森海岸車站 步行 5 分	3762-3431	10:00~17:00/星期二休 900 日圓/有受歡迎的海豚秀及隧道水 族箱
新宿御苑 新宿車站步行 10 分	3350-0151	9:00~16:00/星期一休 200 日圓/隨四季變化有不同的花木
神代植物公園 京王線調布車站坐車 10 分	0424-83-2300	9:30~16:30/星期一休 500 日圓/都內最大最具規模的植物園
東京都葛西臨海水族園 京葉線葛西臨海公園站步 行 5 分	3869-5151	9:30~17:00/星期一休 700 日圓/在甜甜圈形的大水槽裏有金槍魚
東京都多摩動物公園 京王多摩動物公園站附近	042-591-1611	9:30~16:00/星期一休 500 日圓/有 LION 巴士在運行,但需車票
馬事公苑 東急田園都市線櫻新町車 站步行 15 分	3429-5101	9:00~17:00/無休 免費/可見到四季不同的花卉及馬兒
濱離宮恩賜庭園 新橋車站步行 15 分	3541-0200	9:00~17:00/年底年初休 300 日圓/在茶店可吃到 500 日圓的抹 茶和甜點
堀切菖蒲園 京成線堀切菖蒲園車站步 行 10 分	3697-5237	9:00~16:30/星期一,四休(第 4 週為星期 日,一休)/免費/6 月開花期無休,約 10 日 左右是賞花的好時機
水元公園 地下鐵金町車站坐車 10 分	3607-8321	自由入場/無休 免費/在寬廣的庭園內有盛開著菖莆花
向島百花園 東武伊勢崎線東向島車站 步行 8 分	3611-8705	9:00~16:30/年底年初休 150 日圓/四季行各式各樣的花兒盛開
夢之島熱帶植物館	3522-0281	9:30~17:00/星期一休

新木場車站步行 15 分		250 日圓/溫室裏有其他的企畫展示及電影可欣賞
六義園 駒込車站步行 8 分	3941-2222	9:00~16:30/無休 300 日圓/江戶三大庭園之一,紅葉很美

◣各地失物招領處◣

失 物 招 領 處	電 話
警視廳失物招領處	3814-4151
JR 東京車站失物招領處	3231-1880
地下鐵失物招領處	3834-5577
東京計程車近代化中心	3648-0300
東京都交都局失物招處	3431-1515
成田機場第一航站	0476-32-2105
成田機場第二航站	0476-34-5220
羽田機場南防災中心	5757-8107

◣東京都內地下鐵◣

路線名	區間	主要車站	末班電車
營團銀座線	涉谷~淺草	青山一丁目,銀座,上野	涉谷發 0:13 上野行 淺草發 0:14 上野行
營團丸之內線	池袋~荻窪 方南町	後樂園,銀座,赤坂見附	池袋發 0:17 茗荷谷行 荻窪發 23:51 池袋行 方南町發 0:17 中野坂上行
營團日比谷線	中目黑~北千住	六本木,銀座,秋葉原	中目黑發 0:28 廣尾行 北千住發 0:02 中目黑行
營團東西線	中野~西船橋	早稻田,九段下,葛西	中野發 0:01 東陽町行 西船橋發 0:13 東陽町行
營團千代田線	代代木上原~北綾瀨	表參道,赤坂,日比谷	代代木上原發 0:00 綾瀨行 綾瀨發 0:05 代代木上原行
營團有樂町線	和光市~新木場	飯田橋,有樂町,月島	和光市發 0:00 池袋行 新木場發 0:10 池袋行
營團半藏門線	涉谷~水天宮前	表參道,永田町,神保町	涉谷發 0:15 青山一丁目行 水天宮前發 0:18 涉谷行
營團南北線	赤羽岩淵~目黑	駒込,飯田橋,四谷	赤羽岩淵發 0:15 駒込行 目黑發 0:02 駒込行
都營淺草線	押上~西馬込	淺草,人形町,泉岳寺	押上發 0:18 淺草橋行 西馬込發 23:49 押上行
都營三田線	目黑~西高島平	御成門,日比谷,水道橋	目黑發 0:02 白金高輪行 西高島平發 23:37 目黑行
都營新宿線	新宿~本八幡	市谷,九段下,濱町	新宿發 0:22 岩本町行 本八幡發 0:11 大島行
都營大江戶線	光丘~都廳前	練馬,築地市場,代代木	光丘發 23:30 藏前行 都廳前發 23:47 光丘行

◣東京都遊樂場・主題樂園◥

◎讓你一整天盡情玩樂的主題樂園

名　稱 交　通	電　話	開館時間/公休日 門票/特色
アメージング廣場 東武伊勢崎線牛田車站步行2分	3882-8011	10:00~19:00／定期公休 免費／可做各式各樣運動的場所
あらかわ遊園 都電荒川線荒川遊園地前車站步行3分	3893-6003	9:00~17:00(7.8月~18:00)／週一休 760日圓／價錢公道，位於工業區的樂園
いぬたま ねこたま 東急田園都市二子玉川站步行3分	3708-8511	10:00~19:00／1月1日休 共通票1300元／可親手觸摸狗和貓
後樂園遊樂場 中央線水道橋車站步行3分	5800-9999	10:00~17:30／12月1日~12日休 1200日圓／讓您尖叫的設施，也有專門為兒童而設的設施
三立鷗 KITTY 樂園 京王線多摩中心車站步行5分	042-339-1111	10:00~15:30(週六,日,假日~18:00)／不定期休 3000日圓／三立鷗的各個卡通人物都會出現
多摩テック 京王線多摩動物公園車站坐車5分	042-591-0820	9:30~17:00／週二,三休 1600日圓／有遊樂場及天然溫泉的娛樂場所
東京夏日樂園 中央線八王子車站坐車30分	042-558-6511	10:00~17:00／週四休 2000日圓／游泳池,遊樂場,還有休息吃東西的餐廳
東京鐵塔 地下鐵神谷町車站步行8分	3433-5111	9:00~20:00(依季節不同而改變)／無休 820日圓／特別展望台將另外收取費用
豐島園 西武池袋線豐島園車站附近	3990-8800	10:00~18:00／週二,三休 1000日圓／假日或學校放假時營業
フジタヴァンテ 代代木車站步行5分	3796-2486	10:00~18:00／週四休 免費／可吃可玩的娛樂場所
讀賣樂園 京王線京王讀賣樂園車站下車	044-966-1111	10:00~17:00(週日,假日9:00~)／週二休 1600日圓／驚險的設施最受歡迎

◣東京都百貨公司・購物中心◥

◎以下資料爲 2001 年 6 月所調查的訊息，出發前請再次作確認。

地區	名稱	住址	交通	營業時間／公休日
日本橋	日本橋高島屋	中央区日本橋 2-4-1	地下鐵日本橋站 B2 出口	10:00~19:00／週三不定期休
東京	日本橋三越本店	中央区日本橋室町 1-4-1	地下鐵三越站下車處	10:00~20:00／週一不定期休
	大丸東京店	千代田区丸の内 1-9-1	JR 東京站八重洲口旁	10:00~20:00(六,日及假日~19:00,周五~20:00)／周三不定期休
銀座	H2 數寄屋橋阪急	中央区銀座 6-10-1	地下鐵銀座站 C3 出口	10:30~21:00／周二不定期休
	銀座松坂屋	中央区銀座 5-2-1	銀座站 A3 出口徒步約三分鐘	10:30~19:30(周日,假日~19:00,周五~20:00)／周三不定期休
	銀座三越	中央区銀座 4-6-16	銀座站旁	10:00~20:00(日~19:30)／周一不定期休
	ザ・ギンザ銀座本店	中央区銀座 7-8-10	銀座站徒步約 5 分鐘	11:00~20:00(日,假日~17:00)／無公休
	西銀座デパート	中央区銀座 4-1	銀座站旁	11:00~20:00(周三~五:~20:30,飲食店~23:00)／無公休
	プランタン銀座	中央区銀座 3-2-1	銀座站 C6 出口徒步約 3 分	10:00~20:00(周日~19:30,周二.五~20:30)／周三不定期休
	松屋銀座本店	中央区銀座 3-6-1	銀座站 A12 出口徒步約 2 分	10:00~20:00／周二不定期休
有樂町	日比谷シャンテ	千代田区有楽町 1-2-2	地下鐵日比谷站 A5 出口處	11:00~20:00(飲食店一部份~22:00)／不定期休
	有樂町西武	千代田区有楽町 2-5-1	JR 有楽町站徒步約 2 分	11:00~20:00(周五~21:00)／周二不定期
	有樂町阪急	千代田区有楽町 2-5-1	JR 有楽町站徒步約 3 分	10:30~20:00／周二不定期休
お台場	アクアシティ	港区台場 1-7-1	台場站徒步約 1 分	11:00~21:00／不定期休

渋谷	西武百貨店渋谷店	渋谷区宇田川町 21-1	JR 渋谷站八犬公口徒步約 3 分	10:00~20:00(周四.五~21:00)／周二不定期休
	パルコ PART1	渋谷区宇田川町 15-1	JR 渋谷站徒步約 6 分	10:00~20:30／無公休
	パルコ PART2	渋谷区宇田川町 3-7	JR 渋谷站徒步約 6 分	10:00~20:30／無公休
	パルコ PART3	渋谷区宇田川町 14-5	JR 渋谷站徒步約 6 分	10:00~20:30／無公休
	東急百貨店本店	渋谷区道玄坂 2-24-1	JR 渋谷站八犬公口徒步約 8 分	10:00~20:00(美食街一部份~20:30)／周二不定期休
	東急百貨店東横店	渋谷区渋谷 2-24-1	JR 渋谷站旁	10:00~20:00(一部份~21:00)／周四不定期休
	マルイシティ渋谷	渋谷区神南 1-21-3	JR 渋谷站八犬公口徒步約 3 分	11:00~20:00／周三不定期休
恵比寿	恵比寿三越	渋谷区恵比寿 4-20-7	JR 恵比寿站徒步約 5 分	11:00~19:30／周一不定期休
原宿	フォレット原宿	渋谷区神宮前 1-8-10	明治神宮前站徒步約 2 分	11:00~21:00／無公休
	原宿クエスト	渋谷区神宮前 1-13-14	JR 原宿站旁	12:00~22:00／無公休
	ラフォーレ原宿	渋谷区神宮前 1-11-6	明治神宮前站徒步約 1 分	11:00~20:00(一部份~21:00)／無公休
青山	青山 ベルコモンズ	港区北青山 2-14-6	地下鐵外苑前站徒步約 2 分	11:00~20:00／無公休
新宿	伊勢丹新宿店	新宿区新宿 3-14-1	地下鐵新宿三丁目站旁	10:00~19:30／周三不定期休
	小田急百貨店	新宿区西新宿 1-1-3	JR 新宿站西口	10:00~20:00／周二不定期休
	京王百貨店	新宿区西新宿 1-1-4	JR 新宿站西口徒步約 3 分	10:00~20:00／周四不定期休
	新宿高島屋	渋谷区千駄ヶ谷 5-24-2	JR 新宿站南口徒步約 2 分	10:00~19:30／周三不定期休
	新宿三越	新宿区新宿 3-29-1	地下鐵新宿三丁目站旁	10:00~19:30(1.2F~20:00)／周一不定期休
	スタジオアルタ	新宿区新宿 3-24-3	JR 新宿站東口	11:00~20:00／不定期休
	バーニーズ紐約 新宿店	新宿区新宿 3-18-5	JR 新宿站徒步約 4 分	11:00~20:00／不定期休

18

	BEAMS JAPAN	新宿区新宿 3-32-6	JR 新宿站東口徒步約 5 分	11:00~20:00／第三個週三休
	マルイヤング新宿	新宿区新宿 3-18-1	JR 新宿站南口徒步約 5 分	11:00~20:00／周三不定期休
	ミルク新宿店 1	新宿区西新宿 1-1-5	JR 新宿站南口	11:00~21:00(一部份~22:00／年二回
	ミルク新宿店 2	新宿区新宿 3-38-2	JR 新宿站南口	11:00~22:00／年二回
	Flags	新宿区新宿 3-37-1	JR 新宿站旁	每家店舖不同
吉祥寺	伊勢丹吉祥寺店	武蔵野市吉祥寺本町 1-11-5	JR 吉祥寺站徒步約 5 分	10:00~19:30／周三不定期休
	吉祥寺ロフト	武蔵野市吉祥寺本町 1-10-1	JR 吉祥寺站徒步約 3 分	10:30~20:30／周二不定期休
	東急百貨店吉祥寺店	武蔵野市吉祥寺本町 2-3-1	JR 吉祥寺站徒步約 5 分	10:00~20:00／周四不定期休
	九井吉祥寺店	武蔵野市吉祥寺南町 1-7-1	JR 吉祥寺站徒步約 2 分	11:00~20:00(一部份~21:00)／周三不定期休
池袋	池袋パルコ	豊島区南池袋 1-28-2	JR 池袋站旁	10:00~21:00／無公休日
	サンシャインシティアルパ	豊島区東池袋 3-1-2	JR 池袋站徒步約 8 分	10:00~20:00／無公休日
	西武百貨店池袋店	豊島区南池袋 1-28-1	JR 池袋站旁	10:00~20:00(周三~五~21:00)／周二不定期休
	東急ハンズ池袋店	豊島区東池袋 1-28-10	JR 池袋站徒步約 7 分	10:00~20:00／不定期休
	東武百貨池袋店	豊島区西池袋 1-1-25	JR 池袋站旁	10:00~20:00(CD 店第五號街.旭屋書店~21:00)／周三不定期休
	P'PARCO	豊島区東池袋 1-50-35	JR 池袋站徒步約 3 分	11:00~20:00／無公休

◣東京都定期觀光巴士◥

◎配合設施的定休日.休館等情形，巴士的發車日.車資.車種.行程等等會有變更的情況，出發前請務必再次作確認。

◎根據交通狀況，巴士的出發時間也會有所變更。

◎哈都巴士預約專線：03-3761-1100(24 小時)。所有行程於 JTB 各分店均可預約。

◎ 標有★號的行程中包含台場。

●都內周遊行程

行程名稱	行程・觀光重點／所需時間	發車日	大人車資
東京半日遊	東京車站丸の内南口 10.11.12 點發車,上野車站淺草口 10:20 發車→皇居前→國會前→NHK スタジオパーク→迎賓館前→六本目→東京鐵塔(展望)／約 5~6 小時	每日/雙層巴士	7200 日圓
★東京一日遊 東京車站發車	東京車站丸の内南口 9:30,銀座キャピタルホテル 9 點發車→皇居前→國會前→迎賓館前→表參道→新宿新都心→住友大廈高樓餐廳用餐→靖國神社→淺草觀音及商店街→台場漫步→東京鐵塔／約 8~8.5 小時	每日	附餐 8900 日圓
★東京一日遊 新宿車站發車	新宿車站東口 10:00 發車→新宿新都心→表參道→迎賓館前→靖國神社→國會前→皇居前→淺草觀音及商店街(用餐,散步)→台場漫步→東京鐵塔／約 8~8.5 小時	周六.日.假日	附餐 8900 日圓
★東京三名勝	東京車站丸の内南口 9:20,13:30 發車,新宿站東口 12:50 發車→皇居前→淺草觀音及商店街→レインボーブリッジ通行→台場→東京鐵塔(展望)／約 4.5~5 小時	每日	5500 日圓
★東京瀏覽	東京車站丸の内南口 10:40,14:20 發車→皇居前→國會前→迎賓館前→明治神宮外苑→東京鐵塔(展望)→台場→銀座／約 3 小時	周六.日.假日	4200 日圓
★具話題性的街道	東京車站丸の内南口 10:30, 上野站淺草口 9:50, 濱松町站 10 點發車→NHK スタジオパーク→惠比壽ガーデンプレイス(用餐,散步)→台場漫步,水上巴士(台場海濱公園~日の出棧橋)／約 7 小時	周一除外	附餐 8800 日圓
★各處的城鎮	東京車站丸の内南口 10:10 發車, 上野站淺草口 9:30 發車→巢鴨とげぬき地藏→八芳園(用餐)→台場漫步→水上巴士(台場海濱公園~日の出棧橋)／約 7~8 小時	周一.三.六.日	附餐 9300 日圓
山下的城市	東京車站丸の内南口 9:50 發車→NHK スタジオパーク→椿山莊(用餐,庭園散步)→隅田川下り(淺草~日の出棧橋)→東京鐵塔／約 7.5 小時	每日/雙層巴士	附餐 9800 日圓

●東京迪士尼行程

東京迪士尼樂園一日遊(含遊園護照)	東京車站丸の内南口 9:00 發車,或銀座キャピタルホテル 8:30 發車→東京迪士尼樂園	周六.日.假日	含遊園券 7200 日圓

●懷舊之旅

半日懷舊之旅	東京車站丸の内南口 13:00 發車→淺草觀音及商店街→隅田川下り→東京鐵塔(展望)／約 4.5 小時	每日/雙層巴士	5900 日圓

東京懷舊物語	東京車站丸の內南口 10:30,新宿車站東口 9:50,濱松町站 10:00 發車→深川江戶資料館(若遇休館就改成富岡八幡宮)→品嚐下町美味→淺草觀音及商店街、淺草表演會館、隅田川下り(淺草~日の出棧橋)／約 6.5~7 小時	周一.二.五.六及周日	9100 日圓,含食
隅田川下り與淺草	東京車站丸の內南口 9:40,11:30 發車→淺草觀音及商店街(用餐).隅田川下り(淺草~日の出棧橋)→東京鐵塔(展望)／約 5 小時	每日	7600 日圓,含食
懷舊漫步及ヴィーナスフォート	東京車站丸の內南口 10:10,上野車站淺草口 9:30 發車→相田みつを美術館→加賀屋有明店(用餐)→ヴィーナスフォーと→隅田川遊覽船環繞 12 橋(淺草~日の出棧橋).淺草觀音及商店街／約 6.5~7.5 小時	周三.四.六.日及假日	8900 日圓,含食

●夜間行程

東京鐵塔的美麗夜景及シンフォニー(用餐)	東京車站丸の內南口 17:20,新宿站東口 16:40,上野站淺草口 16:40 發車→東京鐵塔(展望)→東京港ディナークルーズ シンフォニー(乘船.用餐點及飲料)→／約 4.5~5 小時	每日/雙層巴士	附餐及飲料,12100 日圓
夜景のベイサイドドライブ及海ほたる(享用東京王子自助料理)	東京車站丸の內南口 17:30, 新宿站東口 16:30,上野站淺草口 16:40 發車→東京王子大飯店「ポルト」(自助料理)→東京鐵塔(展望)→アクアライン漫步→海ほたる小歇／約 4.5~5 小時	周二.四.五.六/雙層巴士	附餐,9300 日圓
東京港サンセットクルーズ及アクアライン	東京車站丸の內南口 15:50 發車→東京港サンセットクルーズ シンフォニー(乘船.用餐及飲料)→東京港館(アクアライン散步→海ほたる小歇／約 6 小時	周六.日.假日	附餐及飲料,10800 日圓
搭乘淺草・隅田川遊覽船及アクアライン(壽司吃到飽)	東京車站丸の內南口 15:50 發車→淺草觀音寺及商店街.隅田川下り(淺草~日の出棧橋)→「入舟」壽司店(壽司吃到飽,在銀座キャピタル大飯店內)→アクアライン散步→海ほたる小歇／約 6 小時	周六.日.假日	附餐,9500 日圓
遊覽晚上のヘリコプター及到舞濱ベイヒルトン(吃自助料理)	東京車站丸の內南口 18:00 發車→浦安ヘリーポート(ヘーリポート遊覽) →東京ベイヒルトン(自助料理) ／約 4 小時	周五.六	附餐,18900 日圓
★品嚐品川王子自助餐及遊覽夜晚的台場	東京車站丸の內南口 17:20 發車→品川王子大飯店「ハブナ」(自助料理)→漫步台場／約 4 小時	周一.三.五.六.日	附餐,7700 日圓

21

探索夜晚的横濱中華街及パレットタウン散步	東京車站丸の內南口 17:10 發車→中華街「重慶飯店」(用餐),中華街散步→横濱ベイブリッジ,通行鶴見つばさ橋→パレットタウン→通行レインボーブリッジ／所需時間約 5 小時	周二.四.五.六.日.假日	附餐,7900日圓
在舞廳度過古典浪漫的夜晚	東京車站丸の內南口 17:30 發車→グランパシフィックメリデアン「スターロード」飯店(用餐)→東寶舞廳／約 4 小時	周三.五.六.日	附餐及飲料,10800日圓

●台場行程

★台場一日走透透	東京車站丸の內南口 9:40,新宿東口 9:00,上野淺草站口 9:00 發車→世界貿易中心大樓「シーサイドトップ」(展望)→ゆりかもめ(日の~出青海)→パレットタウン→グランパシフィックメリディ アン飯店用餐・台場漫步・水上巴士(台場海濱公園~日の出棧橋)／約 7~7.5 小時	每日	附餐8900 日圓
★淺草與台場	新宿東口 10:30 發車→淺草觀音與商店街(用餐)→隅田川下り(淺草~日の出棧橋)→レインボーブリッジ通行→台場漫步／約 6.5 小時	每日	附餐6900 日圓
★漫步台場及アクアライン	東京車站丸の內南口 12:30,新宿站東口 11:50 發車→通行レインボーブリッジ→海ほたる休息→台場漫步→水上巴士(台場海濱公園~日の出棧橋)／約 4~5 小時	周六.日	4700 日圓
★東京.横濱名勝遊覽	東京車站丸の內南口 9:40,新宿東口 9:00,上野站淺草口 9:00 發車→ゆりかもめ(有明~台場海濱公園)→台場漫步→横濱中華街(用餐,散步)→山下公園→(散步休息)→横濱港遊覽船マリンシャトル→アクアライン通行→海ほたる休息／8.5~9 時	周二.四.六.日.假日	附餐8800 日圓

國家圖書館出版品預行編目資料

日-英-中日本旅行會話 / 安培幸子著.—
再版.—臺北市：鴻儒堂，民81
　　面；公分
　中英日對照
　ISBN　957-9092-60-5(平裝)
　1. 觀光日本 － 會話

803.188　　　　　　　　91011539

日－英－中
日本旅行會話
定價：130 元
每套定價〈含錄音帶〉370 元

1990 年(民 79 年)12 月初版一刷
1992 年(民 81 年)7 月增補版一刷
2002 年(民 91 年)11 月增補版三刷
本出版社經行政院新聞局核准登記
登記證字號:局版臺業字 1292 號

編 著 人:安倍幸子
發 行 人:黃成業
發 行 所:鴻儒堂出版社
地 址:台北市中正區 100 開封街一段 19 號二樓
電 話:(02)23113810・(02)23113823
電話傳真機:(02)23612334
郵 政 劃 撥:01553001
E － mail:hjt903@ms25.hinet.net

※版權所有・ 翻印必究※

法律顧問:蕭雄淋律師

本書凡有缺頁、倒裝者,請逕向本社調換

◎ 本書經日本東方書店授權出版◎